Kai Olaf Arzinger

Die Kandersteg Bande

und ihre Abenteuer

Kriminalroman

Bibliografische Information der
Deutschen Nationalbibliothek:
Die Deutsche Nationalbibliothek verzeichnet diese
Publikation in der Deutschen Nationalbibliografie;
detaillierte bibliografische Daten sind im Internet
über http://dnb.dnb.de abrufbar.

Covermotiv: Shutterstock 966 98 602 Javier Brosch

Mein Dank gilt Olaf Gellisch.

Verlag:
BoD · Books on Demand GmbH, Überseering 33,
22297 Hamburg, bod@bod.de
Druck:
Libri Plureos GmbH, Friedensallee 273, 22763 Hamburg

ISBN: 978-3-7693-7875-7

„dicata mihi"

Der Autor

Kai Olaf Arzinger geboren 1966 in Hagen, ist verheiratet und lebt seit 1990 in der Schweiz. Er veröffentlichte zahlreiche Artikel mit geschichtlichem und numismatischem Inhalt sowie zwei historische Sachbücher. *Wälle, Burgen, Herrensitze* (1990) und *Stollen im Fels und Öl fürs Reich* (1997). Das jetzige Buch, *Die Kandersteg Bande,* ist ein Fortsetzungsroman, der neben zusätzlichen Geschichten die beiden leicht redigierten Einzelromane *Der Kandersteg Bluff* (2023) und *Die blauen Tulpen* (2024) enthält. Er ist der letzte in dieser Erzählreihe.

Der Mensch denkt und Gott lenkt. Das glauben viele, doch sie irren.

Wie alles begann

Prolog

Aqua Helvetia, das heutige Baden, liegt auf der linken Seite der Limmat und ist seit der Römerzeit für seine heissen Thermalquellen bekannt. Beliebt ist es auch durch seine wiederkehrende Veranstaltung der Badenfahrt, die jeweils hunderttausende Besucher aus der ganzen Schweiz anzieht.

Olaf schaute auf den Wecker, der neben seinem Bett stand. Es war sieben Uhr zwanzig. Wie jeden Morgen um diese Zeit verliess er seine kleine Wohnung in der Badener Altstadt. Der Tag versprach, warmzuwerden. Zu Fuss machte er sich auf den Weg in Richtung Bahnhof. In den letzten Jahren hatte sich in der Innenstadt nicht viel verändert. Dieselben Geschäfte, die gleichen Kneipen und Restaurants. Baden hatte nichts an seinem Charme verloren. Ein Zug der SBB fuhr ein und würde ihn, wie viele andere Pendler auch, von Baden nach Zürich bringen. Auf der zwanzigminütigen Fahrt döste Olaf vor sich hin, er kannte die Strecke in- und auswendig. Seit fast dreissig Jahren arbeitete er in einer

Schweizer Bank. Sein kleines Team war für internationale Geschäftsbeziehungen verantwortlich. Ihre Arbeit hatte sich dabei im Laufe der Zeit immer wieder verändert. Von Tag zu Tag gab es mehr regulative Vorschriften, die erfüllt werden mussten. Erst dann gab ihre Rechtsabteilung grünes Licht für eine neue Geschäftsbeziehung.

Olafs IC stoppte im Zürcher Hauptbahnhof. Als sich die Türen des Zuges öffneten, war er einer von vielen, die sich auf den Weg zu ihrem Arbeitsplatz machten. Er ging die Bahnhofstrasse entlang und nach wenigen hundert Metern hatte er den Hauptsitz seiner Bank erreicht.

Vermutlich waren seine vier Mitarbeiter bereits im Büro. Er legte seinen Zutrittsausweis auf das Drehkreuz und betrat das Innere des Gebäudes. Erneut war er darüber überrascht, in welchem Zustand sich das Bürogebäude befand. Von aussen sah es zwar nach einem Prunkbau aus, doch im Inneren stammte die gesamte Infrastruktur aus den frühen sechziger Jahren und war damit weit von einem modernen Bürokomplex entfernt. Olaf nahm einen der altersschwachen Aufzüge und fuhr hinauf in den dritten Stock. Dann betrat er das Grossraumbüro, in dem sein Team vorübergehend untergebracht war. Erst nach Abschluss der Restrukturierung sollten sie ihr eigenes kleines Büro erhalten. Aber Olaf glaubte schon gar nicht mehr daran. Niemand glaubte mehr an irgendetwas. Die Bank befand sich schon seit längerem im Umbruch. Die Kosten sollten drastisch gesenkt und damit die Effizienz gesteigert werden. Es gab eine

Vielzahl von Projekten. Doch bei keinem war eine klare Linie zu erkennen.

Bei vielen Mitarbeitern herrschte eine grosse Unsicherheit und die Angst vor einem Stellenverlust. Ihr Arbeitseifer liess spürbar nach.

Um Punkt halb neun betrat Olaf das Büro. Karla, seine Research-Spezialistin, begrüsste ihn mit einem gequälten Lächeln.

»Guten Morgen, Olaf. Ich hoffe, dass diese Woche nicht wieder so chaotisch verläuft wie die Letzte.«

»Ja, das wäre schön«, antwortete Olaf ihr. Dann setzte er sich an seinen Schreibtisch und startete den PC. Auch Edi sass bereits an seinem Arbeitsplatz und blätterte gelangweilt im Sportteil der Tageszeitung herum.

»Morgen, Chef. Hast du dir das gestrige Spiel vom FC Baden angesehen?«, fragte er dann. »Vier Tore gegen den FC Aarau.«

Olaf seufzte. Er hatte das Spiel im Stadion Esp miterlebt. Ein durch und durch mieses Gekicke der Badener Heimmannschaft. Er zuckte resigniert mit den Schultern.

»Guten Morgen, Edi. Du hast recht, das war wirklich ein sehr schlechtes Spiel der Badener. Wenn die Mannschaft weiterhin so spielt, könnte es mit dem Klassenerhalt schwer werden. Doch bekanntlich stirbt die Hoffnung zuletzt, die Saison ist noch lang.«

Edi lachte und klopfte ihm aufmunternd auf die Schulter.

Olaf ging und holte sich einen frischen Kaffee, dann wartete er weitere zehn Minuten, bis sein PC gestartet war. Schliesslich öffnete er seine E-Mailbox und seinen wöchentlichen Terminkalender. Er sah sich die Sitzungen in den kommenden Tagen an und war erstaunt, dass er bereits in einer Stunde einen Termin mit dem Personaldienst hatte. Er konnte sich nicht daran erinnern, um ein Gespräch gebeten zu haben, daher war er gespannt, was man von ihm wollte.

In der Zwischenzeit waren auch die letzten zwei Mitarbeiter, Walter und Willy aufgetaucht. Das Team war komplett.

Olaf arbeitete ein paar seiner Mails ab, dann schaute er auf die Uhr. Es war Zeit für seine Sitzung mit dem Personaldienst. Er stand auf und verliess das Büro.

Im Sitzungszimmer 302 warteten sein Vorgesetzter Schach und jemand vom Personaldienst, den Olaf nicht kannte. Der Mann stellte sich als Thomas Suter vor.

Olaf begrüsste beide und setzte sich auf einen der freien Stühle. Schach räusperte sich und sagte dann.

»Olaf, wie du siehst, ist das kein normales bilaterales Gespräch, sondern ein Kündigungsgespräch.«

Olaf stutzte einen Moment. Hatte er das gerade richtig verstanden? Ein Kündigungsgespräch? Erstaunt schaute er dabei den Personalvertreter an. Dieser nickte ihm zu.

»Ja, wie Herr Schach richtig gesagt hat, handelt es sich tatsächlich um ein Kündigungsgespräch. Ich muss Ihnen leider mitteilen, dass es Ihren Job und Ihr Team in Zukunft nicht mehr geben wird. Es gibt eine Restrukturierung in der gesamten Abteilung. Die Bank gibt Ihnen aber sechs Monate Zeit, intern nach einem Job zu suchen. Bitte, hier ist Ihre Kündigung«, meinte Suter und händigte Olaf, ohne eine sichtbare Gemütsbewegung, das Schreiben aus.

Olaf schaute ungläubig in die Runde. Was passierte da gerade? Bei Schach glaubte er, ein hämisches Grinsen sehen zu können. Suters Gesichtsausdruck hingegen konnte er nicht deuten.

Schach war so plötzlich wie das Kaninchen aus dem Hut eines Zauberers aufgetaucht. Niemand wusste, was er in den acht Stunden, die er in seinem Einzelbüro verbrachte, eigentlich arbeitete. Doch dann wurde von ihm das gesamte Tagesgeschäft auf den Kopf gestellt. Bisherige Prozesse wurden infrage gestellt und umgeschrieben. Zu den neu eingeführten Massnahmen gehörte auch das tägliche Briefing, das vor einem Whiteboard stattfand. Um Punkt neun Uhr mussten sich alle Mitarbeiter davor versammeln. Dann hatte jeder einzelne von ihnen zu beschreiben, welche Arbeiten er für den Tag eingeplant hatte. Olaf hatte das alles nur ein müdes Lächeln entzaubert. Viel Gerede, aber nur wenige Ergebnisse. Irgendwie erinnerte ihn das Ganze an die Fünfjahrespläne der inzwischen untergegangenen Sowjetunion.

Doch Olaf hatte Schachs Position vollständig unterschätzt. Er hatte nämlich übersehen, welche Rückendeckung dieser von oberster Stelle erhielt. Diskussionslos konnte Schach weitere neue Mitarbeiter einstellen. Allesamt waren es Freunde oder gute Bekannte aus alten Tagen. Mit den ihm genehmen Gesichtern besetzte er eine Schlüsselposition nach der anderen.

Olaf wurde dabei von Schach komplett ignoriert. Ein Meinungsaustausch oder ein offener Dialog fanden zwischen den beiden nicht statt. Lediglich alle vierzehn Tage gab es eine kurze Sitzung, in der Schach den Takt vorgab. Olaf hörte ihm geduldig zu, führte aber sein Team und das Tagesgeschäft so weiter, wie er es selbst für richtig hielt. Olaf machte keinen Hehl daraus, dass er seinen Vorgesetzten für einen kompletten Vollidioten hielt. Das Resultat ihrer gegenseitigen Abneigung war klar. Wie die *Titanic* steuerte auch Olaf auf eine Katastrophe zu. Zudem hatte Schach in einer der letzten Sitzungen angedroht, gewisse Kader auszutauschen. Jetzt hatte er seine Drohung wahr gemacht!

Wut stieg in Olaf auf und für einen kurzen Moment überlegte er, Schoch eine zu knallen. Doch er liess den Gedanken fallen. Den Dreck, der danach an seinen Fingern kleben würde, hätte er niemals wieder abwaschen können. Widerspruchslos akzeptierte er die bittere Pille und die Lektion, die ihm Schach gerade erteilt hatte.

Dann blickte er hinüber zu Suter. Dessen Gesicht zeigte keinerlei Emotionen. Olaf kam plötzlich der Gedanke, dass er einem Menschen gegenübersass, der vor achtzig Jahren, ohne mit der Wimper zu zucken, andere in die Gaskammern geschickt hätte. Olaf überkam ein Gefühl des Ekels. Hier hatten sich zwei passende Charaktere gefunden. Er stand auf.

»Gut, wenn das jetzt alles war, kann ich ja wohl gehen, oder?«

Für einen kurzen Moment ruhte Olafs Blick auf Schach.

»Das hast du wirklich clever gemacht, Hut ab. Ich gratuliere dir, du hast dein Ziel endlich erreicht! Stell mich bitte ab morgen frei.«

Schach nickte gönnerhaft.

»Aber selbstverständlich, wenn du das möchtest.«

Olaf erhob sich und verliess, ohne sich von beiden zu verabschieden, das Sitzungszimmer. Auf dem Flur kam ihm Edi entgegen.

»Du, Olaf, Schach will mit mir sprechen. Weisst du, worum es geht?« Olaf schaute ihn traurig an.

»Versprichst du mir, dass du ihm keine reinhaust?«

Eine Stunde und vier Gespräche später gab es kein Team mehr. Man hatte ihnen allen gekündigt.

Es war der 1. April und kein Scherz. Olaf würde den Tag nie in seinem Leben vergessen.

Zwar blieb ihnen die Alternative, intern nach einem Job zu suchen. Aber Olaf fragte sich ernsthaft, wie sinnvoll das wäre? Früher oder später würde auch dort eine Restrukturierung stattfinden. Alles war nur eine Frage der Zeit, denn letztendlich ging es nur darum, an allen Ecken und Enden Geld einzusparen, um so die Gesamtkosten der Bank zu senken. Menschlichkeit kam in dieser Überlegung nicht vor.

Olaf begann damit, seine persönlichen Sachen zu packen. Er schaute in die Gesichter seiner jetzt ehemaligen Mitarbeiter. Alle schwiegen und schienen unter einer Schockstarre zu stehen. Bis auf Karla, die ihren Emotionen lautstark freien Lauf liess.

»Alle fünf gekündigt. So ein verdammter Mist«, fluchte sie ausser sich vor Wut.

Olaf ging zu ihr herüber und legte beruhigend seine Hand auf ihren Arm.

»Karla, bitte, ärger dich nicht. Lass es gut sein. Wir können eh nichts ändern. Schach wird unsere Kündigungen niemals rückgängig machen. Am besten nehmt ihr eure privaten Sachen und geht nach Hause. Für uns gibt es hier nichts mehr zu tun. In den nächsten Tagen werde ich mich bei euch melden. Eure privaten Adressen habe ich ja. Und noch etwas zum Schluss: Danke für alles, was Ihr in den letzten Jahren geleistet habt. Ihr seid ein tolles Team. Es war eine schöne Zeit mit euch.«

Einer nach dem anderen verliessen sie ihren Arbeitsplatz. Das Bürogebäude sollten sie in ihrem Leben nie wieder betreten.

Olaf fuhr in gedrückter Stimmung nach Hause. Alles erschien ihm wie ein böser Traum, aus dem es kein Erwachen gab. Der heutige Tag hatte tiefe Spuren bei ihm hinterlassen. Er musste die Ereignisse erst einmal verarbeiten. Bevor er sich aufs Sofa setzte, öffnete er die Balkontüre. Von draussen war der Lärm der Strasse zu hören. Er schenkte sich ein Glas Malt-Whisky ein. Dann starrte er minutenlang die Wand an. Was lief gerade schief in seinem Leben?

Er fand darauf keine Antwort.

Als er sein Glas zum dritten Mal auffüllte, klingelte sein Handy. Es war Karla.

»Hallo, Oli. Störe ich dich vielleicht?« Olaf verneinte.

...»Ich konnte nicht einschlafen und habe die ganze Zeit darüber nachgedacht, wie es mit mir weitergehen soll. Es hat eine Weile gedauert, aber jetzt bin ich mir ganz sicher, dass ich nicht mehr für eine Bank arbeiten will, die so mit ihren langjährigen Mitarbeitern umgeht. Ich werde etwas komplett Neues machen und einen Neustart wagen. Ich denke, du solltest das als Erster erfahren. Deshalb habe ich dich angerufen.«

Karla wünschte ihm noch eine gute Nacht und beendete das Gespräch. Olaf war erstaunt, wie schnell sie sich für ein neues Leben entschieden hatte. Die Nachricht, dass sein ehemaliger Arbeitgeber weitere tausend Stellen abbaute, bekam er nicht mehr mit. Olaf war vor dem Fernseher eingeschlafen.

Am Morgen darauf wachte Olaf erst spät auf. Sein Kopf schmerzte, da halfen auch die drei Aspirin-Tabletten nichts, die er zwischenzeitlich geschluckt hatte. Er erinnerte sich an sein nächtliches Gespräch mit Karla. Konnte er auch so konsequent sein? Und wofür würde er sich schlussendlich entscheiden? Wäre er mutig genug für etwas ganz Neues? Er war sich nicht sicher.

Wie reagierten die anderen Kollegen? Hatten sie sich auch schon Gedanken über ihre Zukunft gemacht? Olaf rief sie an und verabredete sich mit ihnen am folgenden Tag zum Essen. Er hatte für alle einen Tisch reserviert. Es war ein milder Abend. Bei Pizza und Pasta sassen sie über zwei Stunden zusammen auf der Terrasse und diskutierten. Dann war ihnen allen klar: nie wieder zurück in die Bank!

Von diesem Punkt an beschloss Olaf, das zu tun oder zu lassen, was er wollte. Zum ersten Mal in seinem Leben hatte er Zeit nur für sich alleine. In den nächsten Wochen verbrachte er die meiste Zeit des Tages damit, Bücher zu lesen oder Fernsehdokumentationen zu schauen. Woche um Woche verschob er dabei eine Entscheidung, die seine weitere berufliche Zukunft betraf.

Dass ihm dabei schliesslich der Zufall zur Hilfe kam, fiel Olaf nicht auf! Es war eine halbstündige Dokumentation im Schweizer Fernsehen SRF1. Sie beschrieb, wie die Schweizer Regierung während des Zweiten Weltkrieges Geschäfte mit den Nazis gemacht hatte und deren Raubgold gegen Devisen eintauschte. Die Story weckte Olafs Interesse. Er stellte die Stimme seines Fernsehers etwas lauter. Aufmerksam hörte er zu. Danach beschloss er, den Filmemacher in seinem Aufnahmestudio in Zürich zu besuchen. Es war ein langes Gespräch, das er mit ihm führte. Besonders interessant war für Olaf, dass das Raubgold offenbar noch immer irgendwo in den Schweizer Bergen versteckt war. In den nächsten Tagen recherchierte er auf eigene Faust weiter und verbrachte Stunden in Archiven oder daheim vor dem Computer. Die Dokumentenlage war dünn, aber es blieb eine Tatsache, dass die Nazis physisches Gold in die Schweiz geliefert hatten. Irgendwo musste das Raubgold ja gelagert sein. Die Frage war nur, wo?

Vierzehn Tage später glaubte Olaf, beim Lösen des Rätsels einen entscheidenden Schritt weiter gekommen zu sein. Dann hatte er einen Plan, für den er die Hilfe seiner ehemaligen Mitarbeiter benötigte. Sie trafen sich an einem lauen Frühlingsabend in Zürich und hörten ihm aufmerksam zu. Eine Stunde später waren sie sich einig: Sie würden mitmachen. Alle hatten sich für den Start in ein neues Leben entschieden.

Nachwort

Drei Wochen später begann die Operation *Kandersteg Bluff*, die für einen Tag die Schweiz erschütterte und über die der zuständige Schweizer Bundesanwalt in seinem Geheimbericht schrieb: *Niemand hatte geglaubt, dass so etwas geschehen konnte. Aber es geschah, und zwar mit einer unglaublichen Präzision, an drei verschiedenen Orten des Landes.*

Der Kandersteg Bluff

Prolog

Es schneite bereits seit Stunden. Die fünf Wehrmachtslaster kamen nur mühsam voran. Immer wieder fuhr sich einer der mit Holzkisten beladenen Kraftwagen fest. Bei der Witterung würde die Fahrt bis zur Grenze noch Stunden dauern. Die Wehrmachtssoldaten, die den Tross begleiteten, froren jämmerlich. Aber ihnen war das egal. Alles war besser, als an die Front zurückkehren zu müssen.

Es war am 1. Juni, der Wecker zeigte acht Uhr morgens, als Olaf aus seiner kleinen Wohnung aus dem Fenster schaute. Die Badener Altstadt erwachte zum Leben. Es war ein wunderbarer Sommertag in der Schweiz, an dem alles begann.

Olaf lächelte, er hatte nicht erwartet, dass es im digitalen Zeitalter so einfach sein würde, den Polizeifunk zu knacken und den Funkverkehr mitzuhören. Doch nach stundenlangem Suchen im Internet war ihm das schliesslich doch gelungen. Bald würde es losgehen. Seine ehemaligen Mitarbeiter waren bereits unterwegs. Sie kannten sich von früher, als sie gemeinsam auf einer Grossbank gearbeitet hatten. Dann hatte man ihnen gekündigt. Innerhalb von wenigen Monaten hatte man das ganze Team entlassen. Nun arbeiteten sie wieder zusammen. Jeder von ihnen würde eine Aufgabe zu erfüllen haben. Olaf war nervös. In den nächsten Stunden hing alles von seiner Geschicklichkeit ab, denn Olafs Aufenthaltsort durfte auf keinen Fall gefunden werden, ihr gesamter Plan wäre sonst zum Scheitern verurteilt. Er trank noch einen weiteren Schluck Kaffee.

Derweil hatte Willy die Sicherheitskontrollen am Flughafen in Zürich passiert, nur noch wenige Schritte trennten ihn vom Boarding am Gate 44. Sein Flug nach Helsinki würde pünktlich starten. Karla hatte sich kurz vor ihm eingecheckt und würde den Sitzplatz neben ihm haben. Willy legte seinen Boardingpass auf den Scanner, das Drehkreuz gab den Weg zum Flugzeug frei. An Bord schienen alle damit beschäftigt zu sein, das Handgepäck in der oberen Ablage zu verstauen. Willy setzte sich und schnallte sich an.

Er würde sich auf Karla verlassen können. Sie lächelte ihm zu, während die Maschine startete und Richtung Helsinki abhob. Ihre Show würde beginnen, sobald die Anschnallzeichen erloschen waren.

Die unbequemen Schnürstiefel drückten, als Walter sich dem Kasernengelände in Birmensdorf näherte. Mit seinem gefälschten WK-Bescheid war es ein Einfaches, das mit Stacheldraht umzäunte Gelände zu betreten. Er sah sich um, nichts schien sich hier seit seiner Rekrutenzeit verändert zu haben. Ungehindert marschierte er auf die in einer Reihe geparkten Schützenpanzer zu. Niemand sprach ihn an, weit und breit war kein Wachsoldat zu sehen. Walter hatte den ersten Schützenpanzer erreicht. Ein Blick reichte ihm, um zu erkennen, dass der Panzer einsatzbereit war, betankt und voll munitioniert. In wenigen Minuten würde er mit ihm das Kasernengelände verlassen. Er kletterte auf die niedrige Turmkuppel, in der sich die drehbare Maschinenkanone befand. Er wusste aus eigener Erfahrung, welche Verheerung die 30 - mm - Kanone des Panzers anrichten konnte. Dann schlüpfte er durch den engen Einstieg hinab zum Fahrersitz. Er schloss den Turmdeckel und begann in aller Ruhe, die Instrumententafel zu kontrollieren. Dann startete er den schweren Dieselmotor, eine schwarze Wolke kam aus dem Auspuff. Langsam rollte er über den Platz. Ein paar Rekruten signalisierten ihm zu stoppen, aber Walter fuhr unbeirrt auf das Kasernentor zu. In zehn Minuten würde er sein Ziel in der Zürcher Innenstadt erreichen.

Wie an jedem schönen Morgen sass Heinrich Heini auf seinem Balkon. Er wunderte sich nicht schlecht, als er einen Panzer vorbeifahren sah.

Edi hatte alles, was er für die nächsten Stunden benötigte, im Kofferraum seines Wagens verstaut. Er kam zügig auf der engen Bergstrasse in Richtung Kandersteg voran. Heute gab es keine gepanzerten Konvois, die in Richtung Bunker unterwegs waren. Weit und breit war kein Mensch zu sehen. Nach wenigen Minuten stellte er seinen Wagen vor dem Bunkereingang ab.

Edi blickte sich um, weit und breit war kein Mensch zu sehen. Er blockierte mit seinem Auto die Zufahrt zum Bunkergelände, dann näherte er sich dem Eingangstor, das mit Stacheldraht und Kameras gesichert war. Er drückte die Sprechtaste. »Hallo, ist da jemand?«

Ein kurzes Summen ertönte, am anderen Ende meldete sich eine Stimme. »Ja, was möchten Sie?«

»Ich habe eine Reifenpanne und keinen Wagenheber dabei. Können Sie mir bitte helfen?«

Die Stimme am anderen Ende zögerte einen Moment.

»Ähm, da können Sie aber nicht stehen bleiben, Sie blockieren mit Ihrem Auto die gesamte Zufahrt.«

»Alleine kann ich den Wagen aber nicht zur Seite schieben«, antwortete ihm Edi. Am anderen Ende schien jemand nachzudenken, bevor er antwortete.

»Gut, dann warten Sie bitte noch einen Moment, ich komme gleich raus und werde Ihnen helfen.«

Eine Minute später kam ein Security-Mann aus dem Gebäude. Zu seiner Freude bemerkte Edi, dass dieser unbewaffnet war und die Tür zum Wachhaus nicht wieder verschloss. Edi winkte ihm freundlich zu. »Schön, dass Sie mir helfen.«

Der Security-Mann murmelte etwas Unverständliches und suchte vergeblich nach dem platten Reifen an Edis Wagen. Edi handelte schnell, blitzschnell, in nicht einmal zwei Minuten hatte er ihn gefesselt und geknebelt. Er legte ihn über seine Schulter und trug ihn zurück in das Wachgebäude. Alles war viel einfacher gegangen, als er gedacht hatte. Edi holte seinen Wagen auf das Gelände und verschloss das Tor. Er nahm eines seiner Handys aus der Tasche und telefonierte. »Olaf, die Aktion war erfolgreich, ich mache mich jetzt auf die Suche.«

Dann drang er tiefer in den Bunker ein, gespannt, was ihn erwarten würde.

Olaf war zufrieden, als nächster würde sich Walter bei ihm melden.

Ohne Probleme hatte Walter den Panzer durch die Innenstadt gefahren. Nun stand er vor dem Portal der Schweizerischen Nationalbank. Drohend richtete er die Kanone auf einen der Eingänge. Am Fenster zeigten sich erstaunte Gesichter. Dann hörte er auch schon die ersten Polizeisirenen. »Hier ist Walter – ich stehe jetzt vor der Bank.«

Die Anschnallzeichen erloschen, als die Maschine ihre geplante Flughöhe erreichte.

»Jetzt?«, flüsterte Karla. Willy nickte ihr zu. »Ja, jetzt!« Mit einer raschen Bewegung umklammerte er Karlas Hals und drückte ihr die Spitze eines Kugelschreibers an die Halsschlagader.

»Dies ist eine Flugzeugentführung«, rief er laut. »Wenn sich alle ruhig verhalten, wird niemandem etwas passieren.« In der hintersten Reihe begann eine Frau zu schreien.

»Bitte, machen Sie sich nicht unglücklich«, meinte eine der Stewardessen. »Lassen Sie die Frau los.«

Willy sah sie an und drückte Karla den Schreiber noch fester an den Hals. »Gehen Sie und informieren Sie den Piloten, dass er in den Schweizer Luftraum umkehrt und umgehend nach Zürich zurückfliegt. Los, machen Sie schon, mir ist es bitterernst.«

Die Stewardess schien einen kurzen Moment zu zögern, dann ging sie durch die Sitzreihen nach vorne und klopfte an die Tür zum Cockpit. Ihr wurde geöffnet. Kurz darauf zeigte sich der Pilot. Willy sah zu seiner Freude, dass dieser ein alter Hase war, der nichts Unüberlegtes tun würde. »Nun, was sind Ihre Forderungen?«, fragte ihn der Pilot mit ruhiger Stimme.

»Kehren Sie in den Schweizer Luftraum zurück, melden Sie die Flugzeugentführung und landen Sie wieder in Zürich.« Der Pilot nickte nur kurz und verschwand wieder. Sekunden später machte die Maschine eine leichte Linkskurve und kehrte zum Startflughafen zurück.

Willy schaute aus dem Fenster, und da waren sie auch schon, zwei Abfangjäger der Schweizer Luftwaffe, sie würden von jetzt an die Passagiermaschine nicht mehr aus den Augen lassen. Er hob die Hand, niemand sah den Salut, den Willy seinen ehemaligen Kameraden zollte, dann lehnte er sich entspannt zurück. Kein Grund beunruhigt zu sein, es verlief alles wie geplant.

Skyguide, Schweizer Flugsicherung, Zürich Kloten.

Es klopfte an der Bürotür.

»Chef, wir haben eine Flugzeugentführung mit Geiselnahme. Der Flug LX221 von Zürich nach Helsinki wurde gekidnappt. Die Maschine ist in den Schweizer Luftraum zurückgekehrt und wird in Kürze in Zürich landen.«

»Wurde das Notfallszenario bereits eingeleitet?«, fragte ihn der Chef der Flugsicherung. »Ja!«, antwortete ihm der Fluglotse. »Alle wurden bereits verständigt.«

»Gut, dann mal los.«

Swiss LX221 setzte zur Landung in Kloten an. Abseits der Piste wurde die Maschine bereits von der Flughafenfeuerwehr und der Polizei erwartet. Willy erhob sich und nahm das Bordmikrofon in die Hand.

»Meine Damen und Herren, ich bitte Sie, ruhig sitzenzubleiben. In spätestens einer halben Stunde werden Sie alle das Flugzeug verlassen können.«

Er sah die Erleichterung auf den Gesichtern der Passagiere. Dann drehte er sich zu den Piloten im Cockpit um.

»Herr Kapitän, bitte treffen Sie alle Massnahmen, damit die Passagiere schnellstens das Flugzeug verlassen können«, sagte Willy.

»Nur Sie bleiben noch mit uns an Bord, wie heissen Sie übrigens?«

»Deville - Flugkapitän Robert Deville. Zu Ihren Diensten«, antwortete er lächelnd und ging nach vorn ins Cockpit zurück.

Am Flughafen herrschte eine nervöse Spannung. Die Türen des Flugzeugs öffneten sich, und für einen kurzen Moment war die Gestalt einer Stewardess zu sehen. Die Gangway wurde herangeschoben, mehrere Busse standen mit laufenden Motoren bereit.

»Eine merkwürdige Geschichte. Die Entführer lassen alle Geiseln frei, stellen aber keine einzige Forderung«, meinte einer der anwesenden Flughafenpolizisten. Sein Kollege zuckte mit den Schultern.

»Ja, das verstehe ich auch nicht.«

Ruhig und einer nach dem anderen verliessen die Passagiere das Flugzeug. Nun waren nur noch Willy,

Karla und Kapitän Deville an Bord des Airbus-A320. Deville staunte nicht schlecht, als er sah, wie Karla den Entführer umarmte und ihm einen innigen Kuss gab.

Auf der Polizeifrequenz hörte Olaf mit, wie man Verstärkung und Spezialkräfte zum Flughafen und an den Paradeplatz beorderte.

Vor der Schweizer Nationalbank hatte sich mittlerweile eine grössere Menschenmenge versammelt. Einige Polizisten versuchten eine Absperrung zu errichten, aber gegen die vielen Neugierigen und Selfie-Süchtigen waren sie machtlos. Daher zogen sie sich einstweilen zurück, um auf die von ihnen angeforderte Verstärkung zu warten.

Im Bundeshaus in Bern herrschte bis dahin friedliche Ruhe. Doch dann nahmen die Ereignisse ihren Lauf.

»Herr Bundesrat? Haben Sie einmal einen Moment Zeit? Wir haben so eben einen Sicherheitsverstoss aus dem Kanderstegbunker erhalten. So wie es aussieht, haben wir einen oder mehrere Eindringlinge im vorderen Teil des Bunkers.« Der Bundesrat schaute seinen Assistenten ungläubig an. »Was? Können die eventuell bis in den hintersten und geheimsten Teil des Bunkers vordringen? Ich dachte, die Anlage sei auf den letzten Sicherheitsstand gebracht worden und ein unbefugter Zutritt sei gänzlich unmöglich?«

Sein Assistent zuckte mit den Schultern. »Wie auch immer, ich glaube, es wäre besser, ein paar Soldaten zur Aufklärung zu senden.«

Mittlerweile war es der Zürcher Polizei gelungen, die Menge der Schaulustigen zurückzudrängen und die Strassen rund um die Nationalbank abzusperren. Nun lief die Evakuierung einiger angrenzender Büro- und Geschäftsgebäude. Ende des Tages sollten rund zweitausend Leute evakuiert worden sein. Zeitweise kam der Verkehr in der Innenstadt komplett zum Erliegen, weite Teile der Geschäftswelt standen still.

»Was machen wir jetzt? Sprengen wir diesen Panzer in die Luft?«, fragte einer der herumstehenden Polizisten.

»Stirnimann, ich glaube, Sie spinnen wohl komplett. Was meinen Sie denn, was passiert, wenn wir hier zwanzig Tonnen Stahl in die Luft jagen? Denken Sie doch einmal an die Schäden an den umliegenden Gebäuden und an mögliche Opfer. Was meinen Sie, was die Öffentlichkeit dazu sagen würde? Nein, uns bleibt nichts anderes übrig, als mit der Panzerbesatzung zu verhandeln. Weiss irgendjemand hier, wie wir zu dieser Blechbüchse eine Verbindung herstellen können?«

Ein ehemaliger Panzerrekrut wusste die Lösung: das Aussentelefon am Heck des Panzers. Jemand klopfte auf den Stahl, gleichzeitig leuchtete das Telefon im Inneren des Panzers auf.

»Hallo, können Sie mich verstehen? Mein Name ist Beat Hurni, ich bin von der Zürcher Polizei.«

»Grüezi, Herr Hurni, ich höre Sie laut und deutlich«, antwortete Walter am anderen Ende der Leitung.

»Wie lauten ihre Forderungen?«, fragte Hurni. »Ich bin befugt, mit Ihnen über alles zu verhandeln.«

Walter schaute kurz auf seine Armbanduhr, gemäss ihrem Zeitplan wollte Olaf in wenigen Minuten an die Öffentlichkeit treten.

»Wir werden Sie das schon rechtzeitig wissen lassen.« Dann legte er das Telefon auf und die Verbindung brach ab.

Für Hurni war klar, dass sich mehrere Personen in dem Panzer befanden. Von nun an stellte er sich auf einen langen Tag ein. Es knackte, plötzlich wurde der Polizeifunk unterbrochen. Eine unbekannte Stimme ertönte. Es war Olafs Stimme.

»Wer zum Teufel ist das und wie in drei Teufels Namen kann er unseren Funk knacken?«, fragte Hurni. »Was läuft hier eigentlich ab?«

Ein Achselzucken war die Antwort. Wieder ertönte die Stimme im Funkgerät.

»Hallo, hören Sie mich? Wäre jemand von Ihnen bitte so nett, das Gerät zu bedienen und mir zu antworten? Ich habe nicht den ganzen Tag lang Zeit.«

Hurni sah sich um. Zu seinem Ärger stellte er fest, dass er der dienst- und ranghöchste Beamte war. Zwangsläufig musste er also das Kommando übernehmen. Wäre ich heute Morgen bloss nicht aus dem Haus gegangen, dachte er, als er das Funkgerät in die Hand nahm.

»Ja, hier spricht nochmals Beat Hurni. Ich höre Sie laut und deutlich.«

Aber Olaf hatte bereits aufgelegt und liess Hurni erst einmal im Ungewissen.

Edi sah sich um, er konnte es nicht glauben, dass der Bunker kaum gesichert war. Bisher gab es keine Spur von modernster Sicherheitstechnik und tödlichen Fallen, die unerwünschte Besucher vom Bunkerinneren fernhalten sollten. Edi grinste zufrieden, ihm sollte das recht sein. Zwischenzeitlich hatte er es sich in der kleinen Wachbaracke bequem gemacht. Sein Equipment war installiert. Sein Wagen blockierte die Zufahrt und so gleichzeitig den Eingang zum Bunker. Weitere Security-Leute hatten sich nicht blicken lassen. Offenbar hatte man auch an ihnen gespart. Er hatte nun genug Zeit, um Olaf zu kontaktieren.

»Hier ist Edi – ich kann dir jetzt die ersten Bilder zusenden. Sag mir, ob es das ist, wonach wir suchen.«

Leutnant Pohl führte derweil seinen Zug junger Rekruten die Strasse zum Bunker hinauf. Er war verunsichert, da er nicht wusste, was ihn dort oben erwarten würde. Für den schlimmsten Fall waren alle mit scharfer Munition ausgerüstet worden. Pohl hoffte insgeheim auf einen Fehlalarm, wurde aber eines Besseren belehrt, als er Edis Wagen sah, der den Zugang zum Bunker versperrte und gleichzeitig vor neugierigen Blicken schützte. Pohl liess seine Männer stoppen und begann nachzudenken. Doch er kam in seinen Überlegungen keinen Schritt weiter. Er konnte sich nicht vorstellen, mit wem er es in der Baracke zu tun bekommen würde. War es lediglich eine Gruppe betrunkener oder bekiffter Kids oder eine Gruppe von schwerbewaffneten Terroristen? Was sollte er tun? Stürmen und dabei möglicherweise das Leben seiner Männer in Gefahr bringen? Verhandlungen aufnehmen oder auf Instruktionen warten? Er zögerte, weitere Befehle zu erteilen, und vergrub stattdessen seine Hände in den Hosentaschen. In der Zwischenzeit hatte Edi den kleinen Trupp Soldaten bemerkt. Er musste Zeit gewinnen und hoffte inständig, dass keiner der Soldaten da draussen die Nerven verlor. Er konnte alles andere besser gebrauchen als eine sinnlose Schiesserei.

»Hier ist Flugkapitän Deville. Ja, ich verbinde Sie weiter.« Bevor Willy übernahm, schaute er noch einmal aus dem Fenster. Die Busse waren bereits abgefahren, nur noch die Feuerwehr und die Polizei standen auf dem Rollfeld. Willy sah einen Mann in Zivil winken.

»Sehen Sie mich? Ich winke Ihnen gerade zu. Mein Name ist Schnyder, ich bin für die öffentliche Sicherheit hier am Flughafen Zürich verantwortlich. Können wir miteinander besprechen, wie es nun weitergeht? Sonst stehe ich mir hier die Beine umsonst in den Bauch.«

Willy lächelte. Ihm war der Mann sofort sympathisch, er mochte seine offene Art.

»Es dauert nicht mehr lange, dann werden Sie informiert.«

Schnyder musste sich wohl oder übel in Geduld üben.

Olaf nahm eines seiner Handys vom Tisch und rief nacheinander seine Leute an. Die Verbindungen kamen mühelos zustande. Im Abstand von nur wenigen Minuten hatte er alle drei erreicht.

»Das Spiel hat begonnen«, war alles, was er ihnen sagte.

Walter war froh, dass es endlich losging. Ihm war es in dem Panzer zu eng und seine Beine begannen zu schmerzen.

Edi wartete gespannt darauf, was die Soldaten demnächst unternehmen würden, während Willy Karla im Arm hielt und den Piloten zu sich rief:

»Kapitän Deville, seien Sie doch bitte so lieb und setzen Sie sich zu uns.«

Deville setzte sich zu ihnen, neugierig auf das, was demnächst noch geschehen würde.

Mittlerweile hatten die Medien Wind davon bekommen, dass sich etwas Ungewöhnliches abspielte. Fernsehen, Radio und Online-Medien überschlugen sich mit Live-Reportagen und Livetickern zu den beiden Ereignissen am Paradeplatz und am Flughafen Zürich. Obwohl nichts Genaues bekannt war und bisher keine Forderungen gestellt wurden, hatten sich unzählige Kamerateams am Paradeplatz in Stellung gebracht. Jedes von ihnen wollte Bilder von dem Panzer zeigen, der gegenüber der Schweizer Nationalbank stand und seine Kanone drohend auf die Fassade richtete.

Eine junge Reporterin hielt Hurni ihr Mikro unter die Nase und bat ihn um ein kurzes Statement. Er wimmelte sie ab und ging an ihr vorbei. »Kein Kommentar!«

Auch auf der Besucherplattform am Flughafen drängten sich die Medienleute in Scharen und behinderten sich dabei gegenseitig, während sie versuchten, die besten Bilder von der entführten Maschine zu bekommen. In der Zwischenzeit zirkulierten bereits die wildesten Gerüchte. Von Terroristen bis hin zu durchgeknallten Rekruten war dabei die Rede. Getoppt wurde dies nur von der amerikanischen Botschaft, die eine Terrorwarnung für die Schweiz herausgab.

Leutnant Pohl fand endlich zu einer Entscheidung. Er nahm das Funkgerät in die Hand.

»Bitte kommen, hier spricht Leutnant Pohl. Mein Trupp hat vor dem Bunkereingang Stellung bezogen. Der

Zugang ist blockiert, ein Zutritt ist nur gewaltsam möglich. Ich erwarte weitere Instruktionen. Over and out.«

Pohl fand, Instruktionen abzuwarten, immer gut. Sollten andere ruhig die Verantwortung übernehmen. Doch sein Funkgerät rauschte viel früher, als Pohl es erwartet hatte.

»Hier Oberst Steiner, was heisst hier, der Zutritt zum Bunker ist blockiert? Sie wissen schon, dass wir von einem Objekt von nationaler Sicherheit reden? Da kann man nicht so mir nichts, dir nichts wie in einem Museum oder Supermarkt hereinspazieren. Finden Sie schnellstens heraus, was passiert ist und melden Sie sich dann wieder bei mir.«

Pohl geriet ins Schwitzen. So einfach war die Sache wohl doch nicht.

»Herr Hurni, kommen Sie rasch, jemand möchte Sie sprechen«, rief einer der anwesenden Polizisten. Hurni eilte zum bereitstehenden Funkgerät. Am anderen Ende sprach Olaf.

»Hören Sie mir jetzt bitte gut zu. Ich werde ausschliesslich mit Ihnen verhandeln. Sie wissen, dass es gleichzeitig eine Flugzeugentführung gegeben hat. Dahinter stecken auch wir. In Kürze werden Sie zudem von einem dritten Vorfall hören. Sorgen Sie dafür, dass eine Standleitung eingerichtet wird, auf der wir zwei uns jederzeit ungestört unterhalten können. Zu gegebener

Zeit werden wir dann auch unsere Forderungen bekannt geben.«

Hurni schaute sich suchend um. Die weiteren Verhandlungen konnten nicht mehr auf offener Strasse stattfinden. Sie benötigten dringend ein Einsatzbüro. Eine zentrale Leitstelle, in der alle Fäden zusammenliefen. Er dachte kurz nach. Nebenan waren mehrere Bürogebäude evakuiert und frei geworden. Dort würden sie sicherlich die benötigte Infrastruktur vorfinden. Sollte sich der technische Dienst der Kantonspolizei einmal darum kümmern. Hurni erteilte die entsprechenden Anweisungen.

Am Flughafen war es inzwischen ruhig geworden. Schnyder fluchte: »Die Entführer haben wirklich die Ruhe weg. Wahrscheinlich schlürfen die sogar Champagner, während wir uns hier die Füsse platt stehen. Es wird Zeit, dass etwas passiert und wir die Sache zu einem Ende bringen können.«

Ein einzelner Polizeiwagen näherte sich mit Blaulicht der abgestellten Maschine. Einer der beiden Beamten stieg aus und fragte nach Schnyder. Man zeigte ihm, wo er zu finden war.

»Herr Schnyder? Sie möchten sich mit einem Herrn Beat Hurni in Verbindung setzen. Er leitet einen Einsatz am Paradeplatz. Es scheint sehr wichtig zu sein.«

Schnyder rief zurück und erfuhr in kürzester Zeit, dass die Flugzeugentführung und der Panzer vor der Nationalbank offenbar das Werk von denselben Leuten waren. Erstaunlicherweise gab es auch am Paradeplatz keine Forderung.

Man beschloss, dass ab sofort die beiden Fälle unter der Leitung von Hurni am Paradeplatz koordiniert werden. Schnyder war das recht, er hatte sowieso den Eindruck, dass der Tag noch eine weitere Überraschung für sie bereithielt.

Pohl liess derweil seine Leute in Deckung gehen. »Egal, was passiert. Geschossen wird erst, wenn ich euch den ausdrücklichen Befehl dazu erteile. Ich werde jetzt mit den Leuten dort drinnen reden.«

Dann ging er langsam mit dem Sturmgewehr in der Hand zum Tor. Edi sah Pohl kommen und trat langsam aus der Wachstube heraus.

»Halt! Stopp und kommen Sie mir keinen Schritt weiter!« rief er.

Pohl blieb stehen. »Ich soll lediglich mit Ihnen reden und Sie fragen, was sie hier machen.«

Edi lächelte. »Das werden wir Sie schon bald wissen lassen.«

Pohl wusste nicht so genau, was er von dieser Antwort halten sollte; verunsichert fragte er daher zurück. »Wer sind wir? Und was soll ich jetzt meinem Vorgesetzten melden?«

»Sagen Sie ihm, dass man sich rechtzeitig mit ihm in Verbindung setzen wird.«

Edi drehte sich um und liess Leutnant Pohl einfach stehen. Pohl sah die fragenden Blicke seiner Männer auf sich gerichtet. Was würde nun passieren? Pohl sagte es ihnen.

»Wir bleiben hier in Stellung. Niemand geht hier rein und niemand kommt hier raus!«

Er konnte nicht ahnen, dass es genau das war, was Edi beabsichtigt hatte.

Langsam und unbemerkt näherte sich ein Trupp schwarz maskierter Männer dem abgestellten Flugzeug. Hinter einem der parkenden Polizeiwagen gingen die Scharfschützen in Position. Zur gleichen Zeit huschte eine weitere Einheit Vermummter hoch über den Dächern der Nationalbank herum. »Ziel eins und Ziel zwei sind anvisiert.«

Walter wurde es im Panzer allmählich unbequem, die Enge machte ihm zu schaffen. Er schaute aus einem der Sehschlitze. In mehreren hundert Metern Entfernung konnte er die Absperrung der Polizei erkennen und dann sah er sie, die Sondereinheit *Skorpion* der Zürcher Polizei. Ein halbes Dutzend Scharfschützen, die in Stellung gegangen waren und auf ihn zielten.

Willy stand auf, um sich die Beine zu vertreten. Langsam ging er auf die offene Flugzeugtüre zu.

»Das würde ich an Ihrer Stelle lieber bleiben lassen«, meinte Kapitän Deville und zeigte dabei nach draussen.

»Die haben da draussen vor wenigen Minuten einen Trupp Scharfschützen in Stellung gebracht und wenn Sie sich an der Tür zeigen, macht es einmal peng und Sie sind ein toter Mann.«

Willy sah Deville einen Moment lang überrascht an, dann verstand er und ging langsam zu seinem Sitz zurück.

»Mist, daran habe ich noch gar nicht gedacht.« Willy nahm das Telefon in die Hand und wählte Olafs Nummer.

»Olaf, bei mir wimmelt es hier von Scharfschützen. Ich vermute, bei Walter und Edi wird es nicht viel anders aussehen.«

»Ich kümmere mich darum.« war Olafs knappe Antwort. Er war beunruhigt, denn ihr ganzer Plan würde scheitern, wenn auch nur ein einziger Schuss fallen würde. Er dachte eine Weile nach, bevor er Hurni anrief.

»Unsere erste Bedingung lautet, ziehen Sie sofort Ihre Scharfschützen ab, und zwar alle.«

Hurni sah sich um. Diese verdammten Idioten, dachte er, wie kann man sich nur so blöd positionieren und sich auf dem Präsentierteller zeigen? Er würde dem Einsatzleiter einen gründlichen Rüffel erteilen, bevor er ihn in die Wüste schicken würde. Dann rief er Meier, Müller und Schulze herbei. Es war Zeit, seine engsten und besten Mitarbeiter auf die kommenden Ereignisse vorzubereiten.

Oberst Steiners Telefon läutete. Mit einem eher unguten Bauchgefühl nahm er den Hörer ab.

»Mein Name ist Börne. Ich bin Assistent im Bundeshaus. Oberst Steiner, wie sieht die Lage bei Ihnen aus? Haben Sie mittlerweile herausgefunden, was in Kandersteg passiert ist? Der Herr Bundesrat möchte einen klaren Lagebericht von Ihnen bekommen.«

Verärgert setzte sich Oberst Steiner mit Pohl in Verbindung.

»Leutnant Pohl, was können Sie berichten? Mittlerweile fragt mich sogar ein Bundesrat an, was bei euch da oben los ist.«

In kurzen Worten schilderte ihm der Leutnant die Lage. Oberst Steiner war alles andere als erfreut und beschloss, den Spähtrupp Pohl vor Ort aufzusuchen.

Mittlerweile hatte Hurni sein provisorisches Hauptquartier am Paradeplatz eingerichtet. Schnyder war ihm seither nicht mehr von der Seite gewichen. Ebenso Meier, Müller und Schulze, die Hurni kurzfristig zu seinen persönlichen Assistenten ernannt hatte.

»Bitte, setzt Euch«, meinte er und zeigte dabei auf ein paar freie Bürostühle im Raum. »Ich möchte mit Euch allen über das weitere Vorgehen reden. Was können wir machen? Bisher wurden keine Forderungen gestellt. Ehrlich gesagt, ich habe keine Idee, was die beiden Aktionen von heute bewirken sollen. Eine Flugzeugentführung, bei der alle Geiseln freigelassen wurden, und ein geklauter Panzer, der eigentlich nichts anderes macht, als vor der Nationalbank zu parken. In drei Teufels Namen frage ich mich, was das alles zu bedeuten hat? Was erwartet man von uns? Kann mir bitte einer einmal versuchen, das zu erklären?«

»Naja«, meinte Schnyder, der als erster antwortete. »Was das Flugzeug anbelangt, das kann man immer noch jederzeit in die Luft sprengen und gemäss letztem Stand der Dinge werden immer noch der Pilot und eine unbekannte Frau als Geisel gehalten. Und was den Panzer anbelangt, da können wir froh sein, dass bisher niemand plattgewalzt oder auch nur ein einziger Schuss abgefeuert wurde. So gesehen verläuft alles bisher gewaltfrei.«

»Entschuldigung«, warf Meier ein. »Gewaltfrei ja, aber trotzdem kriminell.«

Schnyder nickte zustimmend.

»Die Frage ist doch, wie kommen wir an die Täter heran? Oder wollen wir uns auf kommende, zähe Verhandlungen einlassen?« meinte Schulze. Hurni schüttelte energisch den Kopf.

»Wenn wir irgendeine Ahnung hätten, was mit den beiden Aktionen eigentlich bezweckt wird, wären wir schon ein gutes Stück weiter, aber so hängen wir gänzlich in der Schwebe. Müller, haben wir irgendeine Option, den oder die Täter auszuschalten? Oder können wir wenigstens den Aufenthaltsort ihres Anführers lokalisieren?«

Müller zuckte mit den Achseln. »Wie Sie wissen, haben wir alle unsere Scharfschützen abziehen müssen. Sie sind aber immer noch vor Ort und könnten jederzeit wieder in das Geschehen eingreifen. Vorausgesetzt, sie werden dabei nicht wieder entdeckt. Was den Panzer anbelangt, da haben wir zwei Optionen. Den können wir einerseits in die Luft jagen oder wir könnten es mit Gas versuchen. Bei Option eins gibt es eine Riesensauerei, für die ich persönlich keine Verantwortung übernehmen würde, und bei Option zwei kommt es darauf an, wie der Betroffene im Panzer reagiert. Im schlimmsten Fall jagt er noch tausend Schuss raus, bevor er ohnmächtig wird. Also, wenn ihr mich fragt, sind das beides keine besonders guten Möglichkeiten.«

Hurni wandte sich nun an Meier.

»Was meinen Sie? Finden wir vielleicht den Chef, der sich in unseren Funk eingehackt hat? Können wir seinen Standort lokalisieren und zurückverfolgen? Was sagen unsere Techniker dazu? Ist das vielleicht möglich?«

Meier dachte kurz nach, bevor er ihm antwortete.

»Tja, Chef, schlussendlich ist das alles eine Frage der Zeit. Um ein Signal zurückzuverfolgen, müssen wir erst einmal grob wissen, wo es überhaupt herkommt. Dann können wir erst einen Peilwagen losschicken und der könnte das Signal auf fünf Meter genau orten. Wohlgemerkt, nur wenn wir eine Ahnung haben, wo wir den Spürwagen hinsenden sollen. Ansonsten gleicht das alles der Suche nach einer Nadel im Heuhaufen. Etwas anderes wäre es, wenn man uns vom Handy aus anrufen würde, dann könnten wir ihn viel schneller orten, indem wir die einzelnen Funkzellen zurückverfolgen. Aber ehrlich gesagt, glaube ich nicht, dass jemand so blöd ist und uns per Handy kontaktiert.«

Hurni schaute Meier kurz an, dann schlug er sich an die Stirn.

»Mensch, das ist es. Was meint ihr denn, auf welche Art und Weise der Flugzeugentführer oder die Panzerbesatzung untereinander kommunizieren und ihre Befehle erhalten? Natürlich über das Mobilfunknetz. Sie telefonieren miteinander mit ihren Handys. Damit kriegen wir sie! Meier, veranlassen Sie alles Nötige. Wir werden jetzt einmal für eine rege Kommunikation unter ihnen sorgen und sie ein wenig aufscheuchen. Los, auf geht es!«

Nervöse Täter machen Fehler, das war die Chance, die sie nutzen sollten.

Karla schaute kurz nach draussen auf das Rollfeld, dann stiess sie Willy an. »Willy, schau bitte einmal nach draussen. Was machen die da, ziehen die sich etwa zurück?«

Willy konnte sich das Gewimmel auf der Rollbahn auch nicht erklären. Warum fuhren die Einsatzfahrzeuge der Polizei ständig auf und ab? Was wollten sie damit bezwecken? Wollte man sie auf dieser Art und Weise vielleicht einschüchtern und nervös machen?

Fast gleichzeitig läutete das Telefon im Inneren des Panzers. »Hallo?«, fragte Walter. Aber am anderen Ende ertönte nur ein Knacken und Rauschen, danach herrschte Stille. Nach etwa dreissig Sekunden passierte noch einmal dasselbe. Genervt hängte Walter das Telefon ein. Was sollte das?

Hurni blickte Schnyder an und lächelte: »Jetzt werden sie allmählich nervös. Wetten, dass sie gleich wie wild untereinander herumtelefonieren werden? Sehen Sie zu, dass unsere Techniker jetzt nicht schlafen und ihre Anrufe zurückverfolgen können.«

Willy nahm sein Handy und meinte zu Karla:

»Ich glaube, ich rufe Olaf einmal sicherheitshalber an. Vielleicht kann er sich einen Reim darauf machen. Irgendetwas ist da draussen im Busch! Die planen bestimmt etwas.«

Zwischenzeitlich war einer der Polizisten am Paradeplatz auf den Gedanken gekommen, Steinchen auf den Panzer zu werfen. Walter hörte jedes Mal das »tingting«, wenn einer der Kiesel auf den Stahl traf.

»Hier ist Willy. Ich weiss nicht, was die Einsatzkräfte hier am Flughafen mit uns vorhaben, aber die flitzen auf der Landebahn die ganze Zeit mit Blaulicht auf und ab.«

Eine komische Geschichte, denn vor wenigen Minuten hatte ihn bereits Walter angerufen. Olaf dachte angestrengt nach. Dann wurde es ihm schlagartig klar:

»Auflegen, sofort auflegen. Sie verfolgen eure jetzigen Anrufe, um mich zu orten. Telefoniert ab sofort nicht mehr mit dieser Handynummer, schmeisst sie weg und tauscht sie aus! Verwendet ab sofort den SIM-Satz Nummer zwei. Ich rufe euch dann wieder an.«

Einer der Techniker kam auf Hurni zu.

»Die Zeit war leider zu kurz, um ihn orten zu können. Wir haben das Signal nur bis in den Raum Spreitenbach zurückverfolgen können. Dann haben sie aufgelegt. Wir hatten keine Chance, einen genauen Standort zu ermitteln. Jetzt werden sie bestimmt für eine Weile pausieren und die Rufnummern ändern. Wie auch immer, ich glaube nicht, dass wir so zum Ziel kommen und ihren Chef lokalisieren können.«

Hurni zuckte mit den Schultern. Irgendwie war ihm klar gewesen, dass es nicht so einfach sein würde, den Kopf der Bande zu finden und dann auszuschalten. Aber immerhin war es einen Versuch wert gewesen.

»Lassen Sie das Orten sein, es muss auch noch einen anderen Weg geben.«

Olaf schritt in der Wohnung auf und ab. Er war beunruhigt. Hoffentlich war die Zeit zu kurz gewesen, um ihre Handyanrufe zurückzuverfolgen. Er schaute auf die Strasse. Dort sah alles ganz normal aus. Olaf nahm ein anderes Handy mit einer neuen Nummer aus der Schublade, dann rief er alle drei zurück.

Mittlerweile war Oberst Steiner am Bunker angekommen. Pohl grüsste steif.

»Und?« Pohl zeigte mit dem Arm auf den Eingang.

»Dort sind sie verschanzt. Wie Sie sehen, blockiert zudem ein Wagen sowohl die Sicht als auch den Zugang. Was mit den Security-Leuten passiert ist, wissen wir nicht, und ob die da drüben bewaffnet sind, haben wir noch nicht herausfinden können. Aber bisher hat noch niemand auf uns geschossen. Forderungen wurden auch keine übermittelt. Kurzum, hier hat sich in den letzten Stunden nichts ereignet, die sind da drinnen und wir warten hier draussen.«

Oberst Steiner kratze sich am linken Ohr. Wer ihn kannte, wusste, dass er gerade am Nachdenken war.

»Geben Sie einmal Ihr Funkgerät her«, meinte er dann zu einem der umstehenden Soldaten.

»Hier ist Oberst Steiner, stellen Sie mir sofort eine Verbindung zu Herrn Börne, Assistent im Bundeshaus, her. Was? Wie Sie das machen, ist mir doch egal. Ich will, dass die Verbindung in den nächsten fünf Minuten zustande kommt! Habe ich mich klar ausgedrückt, Gefreiter Feldmann? Ansonsten ziehe ich Sie persönlich zur Verantwortung und reisse Ihnen den Kopf ab!« Oberst Steiner war stinksauer.

Walter war mittlerweile ziemlich gereizt. 80 Steine hatte er bisher gezählt, und das ewige »tingting« nervte ihn gewaltig. Er setzte den Turm des Panzers in Bewegung und richtete die Kanone auf eines der in der Nähe befindlichen Polizeifahrzeuge. Mit Genugtuung sah er, wie die zwei Polizisten in Deckung hechteten und versuchten, aus seiner Schusslinie herauszukommen. Das ist schon besser, dachte er, viel besser. Von nun an unterblieb das nervtötende »tingting«.

»Hurni, lassen Sie sofort die blödsinnigen Aktionen sein. Was soll die Blaulichtraserei am Flughafen und was sollen Ihre Psychospielchen an der Parade? Wir sind hier nicht im Kindergarten.«

Es war Olafs Stimme, die die operative Hektik in der Einsatzzentrale für einen kurzen Moment unterbrach. Hurni beschloss, Olafs Frage zu ignorieren. Er wollte die Initiative an sich reissen.

»Bitte, sagen Sie uns, was Sie wollen. Was sind Ihre Forderungen? Was müssen wir tun, damit die Entführung und die Belagerung der Nationalbank beendet werden?«

Es klackte. Danach war nur noch ein Rauschen in der Leitung zu hören.

In aller Ruhe plante Olaf derweil die nächsten Schritte. Es wurde allmählich Zeit, dass Presse und Fernsehen auch auf die Ereignisse in Kandersteg aufmerksam wurden. Der Druck musste jetzt unbedingt erhöht werden. Er versandte die SMS, bevor er mit jedem einzelnen aus seinem Team telefonierte.

»Die Operation Kandersteg hat begonnen.« war alles, was er ihnen mitteilte. Dann schaute er nach draussen auf die Strasse. Alles sah normal aus. Olaf war zufrieden, die entscheidende Phase hatte begonnen.

Willy überlegte gerade, ob sie noch ein Fläschchen Champagner trinken sollten. Flugkapitän Deville nahm ihm dankenswerterweise diese Entscheidung ab.

»Ich glaube, es wird noch etwas länger dauern, da nehmen Sie noch eine Flasche, wir haben genug davon an Bord.«

Willy sah ihm ins Gesicht. Kein Zeichen von Angst war zu erkennen. Unglaublich, mit welcher Coolness Deville auf seine Entführung reagierte.

»Hier ist Börne aus dem Bundeshaus in Bern. Wie ist die Lage bei Ihnen? Welche Informationen haben Sie für den Herrn Bundesrat?«

Steiner begann zu stottern: »Äh, mmh, welche Informationen meinen Sie?«

Bevor Börne dem Bundesrat das Telefon gab, flüsterte er ihm ins Ohr: »Scheint nicht der Hellste zu sein, dieser Oberst Steiner.«

Der Bundesrat verdrehte die Augen, dann nahm er den Hörer selbst in die Hand.

»Oberst Steiner, hören Sie mich? Was ist da oben bei Ihnen passiert? Was können Sie mir Aktuelles berichten?«

Steiner fasste sich und antwortete militärisch knapp:

»Hier ist irgendjemand in den Bunker eingedrungen und hat dabei einen Security-Mann als Geisel genommen. Es wurden bisher keine Forderungen übermittelt. Mein Trupp blockiert den Eingang zum Bunker. Niemand kommt hier mehr rein oder raus.«

Der Bundesrat beendete das Gespräch und drehte sich zu Börne um.

»Was halten Sie von der ganzen Sache? Haben wir in Kandersteg ein Problem mit der nationalen Sicherheit? Soll ich vielleicht meine Bundesratskollegen informieren? Oder warten wir erst einmal deren Forderungen ab?«

Börne dachte einen Moment nach, dann meinte er:

»Wir wissen nicht, was die Täter bisher in Kandersteg herausgefunden haben. Eigentlich sollte niemand durch eine der vorhandenen Sicherheitsschleusen tiefer in den Berg gelangen können. Eigentlich. Aber bis heute hat das auch noch kein Unbefugter versucht. Was wir aber garantiert nicht gebrauchen können, ist eine wilde Schiesserei, bei der es Tote oder Verletzte gibt. Nein, ich glaube, wir sollten erst einmal abwarten, was man mit der Aktion eigentlich bezwecken will. Danach können wir Ihre Kollegen im Bundesrat noch immer informieren.« Der Bundesrat nickte ernst.

»Ja, Börne, ich denke, Sie haben wie immer recht. Veranlassen Sie bitte alles Notwendige und sehen Sie zu, dass rund um die Uhr ein Hubschrauber für uns bereitsteht.«

Börne und Hurni sahen fast gleichzeitig, was die Fernsehreporter berichteten. In den Breaking News zeigte man Archivbilder vom Bundesratsbunker und sprach von einem Überfall bzw. einem Einbruch in der streng geheimen und weitläufigen unterirdischen Anlage. Kamerateams seien bereits unterwegs und Updates würden so bald wie möglich folgen, dann folgte die Werbung.

Börne reagierte sofort. »Herr Bundesrat, ich glaube, jetzt ist es an der Zeit, dass Sie Ihre Kollegen informieren.«

Sekunden später erhielt Oberst Steiner den Auftrag, eine Strassensperre zu errichten. Das gesamte Gelände sollte hermetisch abgeriegelt werden.

Kein Kameramann oder Journalist sollte in die Nähe des Bunkers gelangen, um Aufnahmen machen zu können. Leutnant Pohl gab die entsprechenden Anweisungen; er liess noch ein paar Rollen Stacheldraht aus der Kaserne holen. Oberst Steiner war mit seiner Arbeit zufrieden.

Hurni trommelte derweil seine Leute zusammen.

»Hat einer von den hier Anwesenden eine Ahnung davon, was dort oben in Kandersteg passiert ist? Haben wir nicht schon genug mit der Flugzeugentführung und dem entwendeten Panzer zu tun? Drei Ereignisse in der kleinen Schweiz. Ich glaube an keinen Zufall, sondern ich bin mir ziemlich sicher, dass sie einen und denselben

Hintergrund haben. Daher möchte ich, dass alle Fäden hier bei uns in Zürich zusammenlaufen. Es ist nur noch eine Frage der Zeit, wann der erste Politiker hier auftaucht und sich mit guten Ratschlägen in unsere Arbeit einmischt. Ich will, dass Schnyder sofort nach Kandersteg geht. Nehmen Sie sofort einen unserer Hubschrauber und berichten Sie uns regelmässig über den Stand der Lage.«

Schnyder stand auf und machte sich auf den Weg. Sein Gefühl hatte ihn nicht getäuscht, der Tag hielt tatsächlich noch eine Überraschung für ihn parat.

Edi beobachtete, was sich ausserhalb der Wachbaracke ereignete. Er sah, wie Pohl seine Männer aufteilte und ein Teil von ihnen mit Stacheldrahtrollen verschwand. Edi war beruhigt, nun würde niemand mehr auf die Idee kommen, irgendwelche Gewalt anzuwenden und den Bunker zu stürmen. Er hatte jetzt genügend Zeit. Seine Ausrüstung stand einsatzbereit. Jetzt konnte Edi ungestört die wichtigen Aufnahmen vorbereiten.

Olaf beschloss, sich kurz bei Hurni zu melden. Das Funkgerät knackte, die Verbindung nach Zürich war hergestellt.

»Guten Tag. Ich gehe davon aus, dass Sie mittlerweile auch über die Vorkommnisse in Kandersteg informiert sind. Ich möchte Sie fairerweise darauf hinweisen, dass wir für alle drei dieser Ereignisse verantwortlich sind. Die Flugzeugentführung, der Panzerdiebstahl und die

Bunkerbesetzung in Kandersteg wurden beide von uns geplant und durchgeführt. Wir werden .....«

Doch Hurni unterbrach das Gespräch abrupt.

»Das wissen wir bereits alles. Sagen Sie uns lieber, was Sie von uns wollen. Haben Sie vielleicht irgendwelche politischen Forderungen? Dann wäre es an der Zeit, uns diese zu nennen. Das würde die ganze Sache ungemein verkürzen. Eine Menge Leute könnte dann nämlich früher zu ihren Familien nach Hause gehen und müsste hier nicht länger herumstehen.«

»Wir sind keine terroristische Vereinigung, und wir haben keinerlei politische Forderungen. Bezeichnen Sie uns als Händler, denn wir werden Ihnen schon bald etwas anbieten, was Sie sehr, sehr gerne von uns erwerben möchten. Sie werden schon sehen.«

Olaf beendete das Gespräch. Hurni sah das Erstaunen in den Gesichtern seiner Leute. Niemand konnte sich einen Reim darauf machen, was man ihnen in Kürze verkaufen wollte. Keiner hatte eine Idee.

Meier zuckte mit den Schultern und äusserte sich;

»Chef, ich kapiere das nicht. Ich glaube, so etwas hat es bisher noch nie gegeben. Normalerweise erpresst man und fordert ein Löse- oder Schweigegeld. Aber hier wird gleichzeitig ein Flugzeug entführt, ein Panzer geklaut und ein Bunker besetzt und anstelle etwas für deren Herausgabe zu fordern, will man uns noch etwas anbieten und verkaufen.«

Hurni runzelte besorgt die Stirn.

»Ja, ich muss schon zugeben, das alles ist sehr verwirrend und ungewöhnlich. Wir werden bestimmt bald sehen, was heute noch alles passieren wird.«

Mittlerweile hatte die Anzahl der Schaulustigen rund um den Paradeplatz merklich abgenommen.

Die Bilder vom Panzer waren inzwischen um die ganze Welt gegangen und hatten den amerikanischen Präsidenten dazu veranlasst: »Do not go to Switzerland – there are terrorists!« zu twittern.

Aber der von allen erwartete und insgeheim erhoffte Showdown war ausgeblieben. Die Zeit verstrich, Presse und Fernsehen konnten keine neuen Schlagzeilen mehr liefern.

Das gleiche Bild bot sich am Flughafen Zürich. Auf dem Besucherdeck des Terminals berichtete nur noch ein einziges ausländisches Fernsehteam. Seit Stunden hatte sich nichts ereignet, die Maschine parkte mit geöffneter Tür am Ende des Rollfeldes. Teile der Flughafenfeuerwehr und der Polizei waren bereits abgezogen worden. Auch hier war der von allen erwartete Showdown ausgeblieben.

Schnyder hatte seinen kurzen Helikopterflug genossen. Der Puma landete auf einem freien Feld, direkt neben der Strasse. Der Hubschrauber würde ihn absetzen und gleich wieder starten. Einer von Pohls Soldaten öffnete die Tür. In geduckter Haltung stieg Schnyder aus.

»Wo ist Oberst Steiner?«

Der Soldat deutete in Richtung der Strassensperre.

»Dort oben.«

Schnyder ging auf Oberst Steiner zu und schüttelte ihm die Hand.

»Ein schöner Mist, der hier passiert ist. Ich heisse Schnyder und soll Ihren Fall mit unseren beiden Fällen in Zürich koordinieren. Sie wurden ja bereits informiert, dass ein und dieselbe Personengruppe ein Flugzeug entführt und einen Panzer geklaut hat. Jetzt haben wir auch noch die Geschichte hier. Wir versuchen, mit ihnen zu verhandeln, aber bisher hat uns noch niemand irgendwelche Forderungen gestellt. Wir wissen nicht, wer die Leute sind, aber sie selbst behaupten von sich, dass sie weder Terroristen noch eine politische Gruppierung sind. Vermutlich sind es einfach nur gewöhnliche Kriminelle, die früher oder später doch noch eine Geldforderung stellen werden. Wir beide müssen jetzt dringend unsere Informationen austauschen, wenn es möglich ist, ungestört und unter vier Augen. Danach werde ich meine Kollegen in Zürich informieren. Kommen Sie bitte mit.«

Mit diesen Worten zog Schnyder Oberst Steiner aus der Hörweite der übrigen Soldaten. Leutnant Pohl blieb zurück und wartete diskret im Hintergrund.

In Bern hatten sich inzwischen alle Bundesräte versammelt. »Liebe Bundesratskollegen. Vielen Dank, dass Sie alle so schnell zu mir gekommen sind. Mein Assistent wird Sie nun über den Grund unserer kurzfristig einberaumten Sitzung informieren. Börne, fangen Sie bitte an.«

Börne löschte das Licht, der Projektor zeigte ein Bild des Kanderstegbunkers.

»Sie kennen unseren Bundesratsbunker und dessen Geheimnisse? Sie wissen, was dort vor der Öffentlichkeit verborgen wird?«

Die Anwesenden im Raum nickten mit dem Kopf.

»Gut, heute haben sich Unbekannte erstmals Zutritt zu der Anlage verschafft und sich in dessen Inneren verschanzt.«

Nun ertönte ein Raunen im Raum. Unbeirrt fuhr Börne fort:

»Wir wissen nicht, wie weit der oder die Täter in den Bunker vorgedrungen sind. Wir wissen auch nicht, was sie bisher gesehen haben. Wir wissen ebenso wenig, wer die Täter sind, und wir wissen auch nicht, was sie fordern. Kurz gesagt, wir wissen im Moment überhaupt nichts! Wir verlassen uns einzig darauf, dass unsere Schutzmassnahmen ausreichen, um einen Zutritt, zu sagen wir einmal, sensitiven Bereichen zu verhindern. Der Bunkereingang ist momentan von Soldaten abgeriegelt, niemand kommt rein, niemand kommt raus.

Das so weit zum Fall Kandersteg. Inzwischen haben wir aber noch zwei weitere Fälle, die mit dem ersten in direkter Verbindung stehen. Eine Flugzeugentführung am Flughafen in Zürich und ein geklauter, voll munitionierten Panzer vor der Schweizer Nationalbank. Alle drei Aktionen wurden zeitgleich von einer und derselben Gruppe ausgeführt. Bei allen drei Aktionen liegen uns keine Forderungen vor. Die Einsatzkräfte vor Ort haben zwar verschiedene Krisenszenarien durchgespielt, aber allen Beteiligten erscheint es am sinnvollsten, erst einmal abzuwarten. Das ist der momentane Stand der Dinge. Haben Sie noch irgendwelche Fragen?«

Im Saal herrschte betroffenes Schweigen, niemand hatte eine Frage. Alle waren geschockt.

Auch vor dem Bunkereingang herrschte Ruhe. Die meisten Soldaten standen an der Strassensperre Wache. Von Scharfschützen oder Spezialeinheiten war nichts zu sehen. Edi konnte seine Arbeit nun ungestört zu Ende führen. Zeit genug hatte er ja. Im Verlauf der letzten Stunden war er auf keine weiteren Sicherheitsvorkehrungen gestossen. Und das, obwohl man in der Öffentlichkeit immer wieder von tödlichen Fallen und unüberwindbaren Hindernissen sprach.

Einzig Olaf schien beunruhigt zu sein. Ihm ging einfach die Frage nicht aus dem Kopf, ob man seine letzten Handygespräche zurückverfolgt hatte. Würden schon in wenigen Minuten schwerbewaffnete Polizisten vor dem Haus vorfahren und seine Wohnung stürmen?

Er schaute sich den Verkehr auf der gegenüberliegenden Kantonsstrasse an, es war das gewohnte Bild. Der Feierabendverkehr hatte begonnen, die Autos standen Stossstange an Stossstange. Langsam begann er, sich zu entspannen. Es schien alles in Ordnung zu sein.

Derweil langweilte sich Willy. Noch mehr Champagner zu trinken, erschien ihm nicht ratsam. Er fühlte sich bereits leicht beduselt. Er schaute Deville an. »Was halten Sie von einer Pizza?« Deville lächelte. »Ich dachte schon, Sie würden mich niemals danach fragen.«

Walter rieb sich sein rechtes Knie, es schmerzte. Der Panzer glich einer Sardinenbüchse, es war eng und er war müde. Sollte er vielleicht kurz schlafen?

Währenddessen fluchte Edi, irgendetwas stimmte mit der Verkabelung nicht. Er konnte die gewünschten Bilder nicht senden. Vorsichtig begann er, jede einzelne Steckverbindung zu kontrollieren. Dann meldete er sich.

»Olaf, ich habe offenbar ein technisches Problem. Ich benötige mehr Zeit, als wir eingeplant haben.«

»Kein Problem, das schaffst du schon«, antwortete Olaf. Er vertraute Edi voll und ganz.

Als das Funkgerät piepste, meldete sich Hurni. »Ja, bitte?«

»Geben Sie mir eine Internetadresse, unter der ich Sie erreichen kann. In der nächsten Zeit werde ich Ihnen etwas sehr Interessantes mailen. Danach werden wir unsere Forderungen unterbreiten. Und bitte, versuchen Sie mich nicht noch einmal aufzuspüren, es ist nicht in Ihrem Interesse und schon gar nicht im Interesse der Schweiz«, sagte Oli mit einem drohenden Unterton.

Im Interesse der Schweiz? Hurni hatte keinerlei Vorstellung davon, was sein Gesprächsteilnehmer damit meinte. Ratlos blickte er sich um.

»Schnyder, sagten Sie nicht, dass bereits jemand aus dem Bundeshaus vor uns mit Oberst Steiner gesprochen hat? Wie heisst der Mann noch? Ich glaube, Börne oder so? Gut, ich muss ihn unbedingt sprechen. Und Schnyder, noch etwas: Mein Bauchgefühl sagt mir, dass wir uns warm anziehen müssen. Da kommt etwas sehr Unangenehmes auf uns zu.«

Börne hatte gerade seinen Vortrag im Bundeshaus beendet, als ihn Hurnis Anruf erreichte. Hurni berichtete ihm ausführlich über die letzten Ereignisse. Börne unterbrach ihn nicht, sondern hörte ihm aufmerksam zu.

»Wenn das so ist, sollten wir vielleicht auch den Bundesstaatsanwalt verständigen. Ich werde das koordinieren, wir bleiben in Kontakt, besser noch, ich komme sofort zu Ihnen nach Zürich. Ein Helikopter steht für uns bereit.«

Olafs Handy läutete. »Ich bin es, Edi. Ich musste etwas herumfummeln, aber nun hat es geklappt. Ich schicke dir jetzt die gewünschten Aufnahmen!«

Olaf war auf die Qualität der Bildübertragung gespannt. Der Bildschirm flimmerte kurz, dann sah er eine Palette mit Goldbarren.

»Etwas schärfer und mehr Kontrast. Die Stempel und Seriennummern der einzelnen Barren müssen deutlich zu erkennen sein, wenn ich die Aufnahmen weiterleite. Du weisst, wir haben dafür nur einen einzigen Versuch.«

Edi zoomte mit der Kamera noch ein wenig näher heran.

»Stopp, gut so. Ja, jetzt ist es perfekt!« Olaf war mehr als zufrieden.

Der für sie alles entscheidende Moment war gekommen.

Börnes Hubschrauber war gerade auf dem abgesperrten Bürkliplatz gelandet, als sich Olaf wieder bei Hurni meldete.

»In den nächsten Sekunden werde ich Ihnen ein paar Filmsequenzen zusenden. Sie werden unschwer erkennen, dass diese Bilder in Kandersteg entstanden sind. Schauen Sie bitte genau hin. Ich bin sicher, dass es Ihnen danach sehr leicht fallen wird, unsere Forderungen zu erfüllen. Ich werde mich dann später wieder bei Ihnen melden.«

Börne hatte gerade das zum provisorischen Kommandoraum umfunktionierte Büro betreten, als die Bildübertragung begann. Unaufgefordert setzte er sich neben Hurni auf einen der vorhandenen Drehstühle.

War das etwa alles? Nur eine Palette sauber gestapelter Goldbarren? Beide starrten auf den Bildschirm. Was wollten die Erpresser ihnen damit zeigen? Was war an den hier gezeigten Barren so besonderes? Börne bemerkte es als Erster.

»Grundgütiger, das darf doch wohl nicht wahr sein!«

Dann ging er zum Telefon und wählte die Nummer des Bundesrats.

»Herr Bundesrat, wir haben definitiv ein Problem der nationalen Sicherheit. Bitte verständigen Sie auch den Bundesstaatsanwalt und kommen Sie so schnell wie möglich nach Zürich.«

»Können Sie mir nicht einen Hinweis geben, worum es geht? Schliesslich muss ich dem Bundesanwalt ja auch etwas mitteilen.«

Börne dachte einen Moment nach.

»Erinnern Sie sich noch an die Affäre Meili?«

»Oh mein Gott, ist es tatsächlich so schlimm?«

»Ich befürchte, es ist noch viel schlimmer.«

Börne glaubte, ein leises Stöhnen zu hören.

»Okay, ich werde den Bundesanwalt sofort verständigen. Wir zwei übernehmen von nun an die Verantwortung. Ziehen Sie alle anderen Leute ab und stellen Sie eine abhörsichere Standleitung zu den Erpressern her. Ich werde noch meine Kollegen hier im Bundeshaus über den neuen Stand der Dinge informieren, dann mache ich mich auf den Weg zu ihnen.«

Olaf war zufrieden, die von Edi gesandten Bilder waren gestochen scharf und zeigten jedes Detail. Sie würden ihre Wirkung nicht verfehlen. Er war sich sicher, dass man seine Forderung ohne weitere Diskussion akzeptieren würde.

Börne und Hurni waren die einzigen im Büro. Schweigend warteten sie auf die Ankunft des Bundesratshubschraubers. Nach vierzig Minuten setzte die Maschine zur Landung an. Ohne eine weitere Verzögerung führte man den Bundesrat und den Bundesanwalt, der in seiner Begleitung war, in den abgedunkelten Kommandoraum. Die Männer schüttelten sich die Hände und setzten sich gemeinsam vor einen Computer. Börne deutete auf den Monitor.

»Sehen Sie sich bitte einmal die Paletten an. Was fällt Ihnen dabei an den Goldbarren auf?«

»Mein Gott, was ist das denn für eine Sauerei? Man sieht ja auf allen Barren einen Naziadler!«

Der Staatsanwalt wischte sich mit einem Taschentuch den Schweiss von der Stirn.

»Wenn die Aufnahmen wirklich echt sind, dann Gnade uns Gott. Nicht vorzustellen, was passiert, wenn die Bilder an die Weltöffentlichkeit gehen. Man wird uns in der Luft zerreissen. Sind die Seriennummern authentisch?«, fragte ihn der Bundesrat.

»Soviel wir wissen, wurden die Goldbarren im Zeitraum von Ende 1944 bis Anfang 1945 in die Schweiz geliefert. Wo überall die Barren in den letzten Jahrzehnten gelagert wurden, kann man nicht mehr nachvollziehen. Aber wie man sieht, befinden sie sich jetzt in Kandersteg.«

»Sind Sie sicher, dass die Bilder echt sind und kein Fake?«

»Darauf kommt es im Endeffekt gar nicht an. Dass die ganze Welt die Nazibarren aus der Schweiz zu Gesicht bekäme, einzig das zählt. Wer würde uns glauben, wenn wir deren Existenz leugnen würden? Niemand!«

»Vermutlich haben Sie recht, also wird man uns mit der Veröffentlichung der Bilder drohen und erpressen. Wurden bereits Forderungen gestellt? Ich glaube kaum, dass der oder die Erpresser mit dem Gold unter dem Arm verschwinden wollen.«

»Nein, das ganz bestimmt nicht.« meinte Hurni.

»Ich denke, man wird uns noch ein Weilchen schmoren lassen und uns die Möglichkeit geben, zu überprüfen, ob die Nummern der Barren tatsächlich zu einer Nazilieferung gehören, was wir ja bereits überprüft haben und bestätigt bekamen. Ich hoffe, dass dieser Albtraum bald vorbei ist.«

»Also ging es den Erpressern von Anfang an gar nicht um eine Flugzeugentführung oder eine Belagerung der Nationalbank?«, fragte der Staatsanwalt.

»Nein, nie.«

»Haben wir eine Möglichkeit, die Erpresser rechtzeitig ausfindig zu machen und zu verhaften?«

Hurni schüttelte bedauernd den Kopf.

»Nein, Börne und ich sehen da keine reale Chance. Wir haben ermittlungstechnisch bereits alles versucht. Unsere Optionen sind ausgereizt. Wir werden zähneknirschend bezahlen müssen. Sie erinnern sich vielleicht noch an die Affäre Meili? Wie hoch seinerzeit die Wellen schlugen. Und wie gross unser Imageschaden in der internationalen Öffentlichkeit war. Nein, so etwas darf uns nie wieder passieren, nie wieder.«

Sie sahen sich betroffen an. Der Staatsanwalt wischte sich immer noch den Schweiss von der Stirn. Dann fragte er:

»Was meinen Sie denn dazu, Herr Bundesrat?«

»Ich meine, dass die beiden Herren recht haben; wir werden nicht darum herumkommen, die Forderungen der Erpresser zu akzeptieren und ein Schweigegeld zu zahlen. Egal, in welcher Höhe das auch sein mag.«

Der Staatsanwalt setzte sich.

»Ja dann, tun Sie bitte, was Sie für richtig halten.«

Voller Spannung wartete man am Bürkliplatz auf den nächsten Anruf, der aber auf sich warten liess, da Olaf gerade mit seinen Leuten redete und ihnen die letzten Instruktionen erteilte.

»Durchhalten, Jungs! Es geht jetzt um Alles oder Nichts. Ich werde ihnen gleich unsere Forderungen unterbreiten, auf die man diskussionslos eingehen wird. Da bin ich mir absolut sicher! Danach können wir Feierabend machen und ein kühles Bier trinken.«

Olaf atmete kurz durch, dann sprach er mit entspannter und ruhiger Stimme.

»Börne, Hurni? Hören Sie mich? Sie haben sich sicherlich die Bilder angeschaut und, wie ich wohl richtig vermute, in der Zwischenzeit auch die jeweiligen Barrennummern überprüft. Sie wissen demnach, von wann und von wem diese stammen. Sie werden mir zweifelsfrei zustimmen, dass es sich hierbei um keine gute Werbung für die Schweiz handelt.«

Olaf vernahm so etwas wie ein Stöhnen im Hintergrund.

»Ja, ja. Bringen wir die Sache einfach hinter uns. Sagen Sie uns, was Sie für Ihr Schweigen verlangen?«

»Erstens: 10.000 Bitcoins, die genauen Kontodaten gebe ich Ihnen noch bekannt. Zweitens: Sie verhaften uns zum Schein, gewähren uns aber freien Abzug mit dem Flugzeug, das in Zürich - Kloten steht. Drittens: Nach erfolgter Überweisung der Bitcoins werde ich ihnen mitteilen, auf welchem Schweizer Server die Fotos gespeichert sind. Dann können Sie mit den Daten machen, was Sie wollen. Viertens: Damit Sie nicht auf den dummen Gedanken kommen, uns vielleicht doch noch festzuhalten und zu verhaften, habe ich einen versiegelten Brief bei einem befreundeten Anwalt hinterlegt. Dessen Inhalt wird an die Presse gehen, sobald unsere Verhaftung bekannt werden würde.«

Börne sah Hurni kurz an, dieser nickte leicht mit dem Kopf. Da man den oder die Erpresser nicht unter Ausschluss der Öffentlichkeit an einem Ort wie Guantanamo wegschliessen konnte, musste man wohl oder übel auf ihre Forderungen eingehen.

»Wir sind einverstanden. An welchem zeitlichen Rahmen denken Sie dabei?«

»Zuerst betanken Sie einmal das Flugzeug in Kloten, danach veranlassen Sie dann die Überweisung unserer Bitcoins. Da das bekanntlich eine Weile dauert, melde ich mich in einer Stunde wieder bei Ihnen. Die benötigten Daten sende ich Ihnen sofort zu.«

»Okay, dann machen wir das so.«

Hurni erteilte die notwendigen Anweisungen, während Börne den wartenden Staatsanwalt und Bundesrat informierte.

»Unser Staat hat sich heute erpressen lassen. Das ist eine Schande, die uns nie wieder passieren darf! Die Öffentlichkeit darf niemals erfahren, was eigentlich am heutigen Tag passiert ist. Ich denke, alle im Raum anwesenden Personen sind da der gleichen Ansicht?«

Der Staatsanwalt schwieg, es schien, dass er einen unsichtbaren Fleck an der Wand anstarren würde. Dann meinte er.

»Ja, es wird zum Wohle unserer Demokratie und unserer Volkswirtschaft sein, wenn wir kein Wort über die tatsächlichen Ereignisse von heute verlieren werden. Verhaften Sie alle Beteiligten zum Schein und lassen Sie sie dann wieder laufen. Danach geben Sie ein Statement an die Öffentlichkeit ab. Als langjähriger Politiker fällt Ihnen das bestimmt nicht schwer. Und jetzt werden die Herrschaften mich bitte entschuldigen. Ich glaube, meine Person wird hier nicht mehr gebraucht. Auf Wiedersehen.«

Dann erhob er sich schwerfällig von seinem Stuhl und ging zur Tür.

Olaf konnte seine Freude nicht unterdrücken, er jubelte laut. Sie hatten es tatsächlich geschafft. Er war fest davon überzeugt, dass sie nun nichts mehr aufhalten konnte.

»Jungs, ich bin richtig stolz auf euch! Die Bitcoin-Überweisung ist am Laufen. Es hat alles geklappt. Als Nächstes werden sich Edi und Walter zum Schein verhaften lassen. Willy, Karla, ihr zwei wartet auf uns im Flieger. Die Maschine muss startklar sein, wenn wir kommen, sorgt dafür. Wir sehen uns dann alle später.«

Olaf warf seine Handys in die Ecke, er würde sie von jetzt an nicht mehr brauchen. Dann nahm er seine gepackte Sporttasche, sah sich noch einmal um und fuhr zum Flughafen.

Willy gab Karla einen Kuss.

»Na, Deville, haben Sie Lust, den Flieger zu starten?«

Kapitän Deville grinste zurück.

»Ich habe heute Abend noch nichts vor, wo soll es denn hingehen?«

Edi begann damit, aufzuräumen und seine Spuren zu verwischen. Niemand sollte Rückschlüsse darauf schliessen können, was eigentlich in der Baracke passiert war. Er konnte sich die erstaunten Gesichter der Spurensicherung vorstellen. Nichts war gestohlen worden. Und wenn er gleich vor die Tür treten würde, würde alles wie zuvor aussehen, nämlich unberührt. Edi schaute sich nochmals kurz im Raum um, dann ging er in den Nebenraum und löste dem Security-Mann die Fesseln.

»Komm, steh auf, die Show ist vorbei. Wir zwei gehen jetzt zusammen nach draussen.«

Walter sicherte die Kanone des Panzers. Er wollte nicht, dass sich noch in letzter Sekunde ein Schuss lösen würde. Er öffnete die Turmluke und rief gut gelaunt über den Platz: »Taxi!«

Zurück blieben zwei Polizisten, die den Panzer bis zu seinem Abtransport bewachen sollten. Alle anderen Einsatzkräfte zogen sich auf Börnes Anordnung hin zurück. Der Spuk am Paradeplatz endete, so wie er begonnen hatte, plötzlich und unerwartet.

Der Wagen zum Flughafen stand bereit. Börne musterte Walter neugierig. Er konnte aber nichts Aussergewöhnliches an ihm feststellen. Keine Spur eines Superhirns. Für ihn sah der Mann vollkommen durchschnittlich aus.

Die Maschine in Kloten war voll betankt und startbereit. Willy wartete auf seine Kameraden, während Olaf geduldig im Stau stand. Im Gubrist, wo auch sonst?

Als letzter von ihnen erschien Edi am Flughafen. Das Militärfahrzeug, das ihn brachte, war im Gelände bestimmt gut, aber auf der Autobahn gab es nicht viel her.

Minuten später hob die Maschine ab, direkt in die Abenddämmerung hinein. Stunden später lag Zürich bereits tausende Flugmeilen hinter ihnen.

Derweil hatte sich am Paradeplatz die Menge der Schaulustigen aufgelöst. Normalität war eingekehrt, und der Panzer war abtransportiert worden.

»Hüppi, kommen Sie doch bitte einmal her.«

Hüppi, ein blasser junger Mann mit einer dicken Hornbrille, trat vor.

»Ja, Herr Bundesrat, was wünschen Sie?«

»Gehen Sie bitte an die Öffentlichkeit und teilen Sie mit, dass die heutigen Vorfälle eine nicht angekündigte Terrorübung des Bundes waren. Eine sehr erfolgreiche Übung, bei der wir uns bei allen beteiligten Personen bedanken. Das sollten Sie als Pressesprecher ja wohl hinkriegen. Ich verlasse mich dabei voll und ganz auf Sie.«

Mit diesen Worten verliess der Bundesrat als Letzter den Paradeplatz.

Aruba, Karibik

Die Sonne war bereits untergegangen, das Meer war spiegelglatt und ruhig. Vier Männer und eine Frau sassen gemeinsam in einer kleinen Strandbar. Auf ihrem Tisch standen mehrere leere Flaschen, der Aschenbecher quoll über. Alle vier waren bester Laune. Es sollte ein ausgelassener Abend werden, denn bis zum frühen Morgen würden sie zusammensitzen und ihren gelungenen Coup feiern.

»Woher wusstest du eigentlich, dass Nazibarren in Kandersteg lagerten?«, fragte ihn Edi.

»Das wusste ich ja gar nicht.«, antwortete ihm Olaf.

»Willst du damit sagen, es hätte genauso gut sein können, dass wir unseren Arsch für nichts riskiert hätten?«

Olaf lächelte. »Ja, letztendlich war alles nur ein Bluff.«

Nachwort

Vier Monate später kam die Kandersteg Affäre ans Licht. Irgendein Angestellter im Bundeshaus hatte geplappert. Der Fall löste eine Riesendiskussion in der Öffentlichkeit aus. Einer der sieben Bundesräte reichte seinen Rücktritt ein und verabschiedete sich für immer aus der nationalen Politik seines Landes.

Die Immobilienabzocke

Prolog

Der Traum vom Auswandern ins Paradies. Doch Träume können gefährlich sein. Viele Auswanderer werden plötzlich mit Problemen konfrontiert, die sie daheim nicht erkannt haben oder nicht wahrhaben wollten. Häufig werden sie abgezockt und übers Ohr gehauen. Wahrscheinlich würde die Hälfte der Auswanderer gerne wieder in ihre alte Heimat zurückkehren.

Ihr Traum, sich auf Aruba niederzulassen, wäre aber beinahe gescheitert. Nachdem *Kandersteg Bluff* waren sie für unbestimmte Zeit in ein Hotel gezogen. Als Übergangslösung, bis jeder von ihnen etwas zum Kauf oder zur Miete gefunden hatte. Die Suche gestaltete sich allerdings sehr schwierig. Es gab kaum Angebote und jeder von ihnen träumte von einer Immobilie direkt am Strand. Sie waren bereit, dafür auch mehr als den ortsüblichen Preis zu zahlen, in der Hoffnung, dass herrliche Sonnenuntergänge sie dafür entschädigen würden. Doch schon bald mussten sie feststellen, dass man für Geld nicht alles kaufen konnte. Sie blieben daher Dauermieter in ihrem Hotel und studierten täglich die aktuellen Verkaufsangebote. Dabei stiessen sie auf eine Anzeige in der *Aruba Properties*, einem ortsansässigen Makler, der offenbar das grösste Immobilienportfolio hatte und dieses mit bunten Anzeigen intensiv bewarb. Karla fand heraus, dass die Firma zu einem Konsortium in Panama gehörte, das schon seit Jahren im internationalen Immobilienverkauf tätig war. Auf Aruba hatte man vor gut einem Jahr eine neue Tochtergesellschaft, die *Aruba Properties,* eröffnet. Nach Schlagzeilen oder Skandalen suchte Karla vergeblich. Es fanden sich keine. Die Firma schien von Grund auf seriös zu sein.

Vierzehn Tage vergingen, dann erhielt Olaf den Anruf des Maklerbüros. Man hätte jetzt mehrere interessante Objekte für ihn gefunden, teilte man ihm mit. Olaf freute sich und vereinbarte schon für den nächsten Tag einen Besichtigungstermin. Ihm verschlug es die Sprache, als er den Bungalow betrat. Er war von hohen Palmen umsäumt und bot einen fantastischen Blick auf das tiefblaue Meer. Zudem gab es einen eigenen Swimmingpool und 3000 Quadratmeter feinsten weissen Sandstrandes, die zum Haus gehörten. Olaf war hellauf begeistert. Hier würde er den Rest seines Lebens verbringen und geniessen. Er musste lediglich den Kaufvertrag unterschreiben und alles würde ihm gehören! Zum Abschied schüttelten sie sich die Hand.

Der Makler gab Olaf zwei Tage Bedenkzeit, da es noch andere kaufwillige Interessenten gab. Nach seiner Kaufzusage wäre eine Anzahlung in Höhe von zwanzig Prozent des vereinbarten Preises fällig. Sobald die *Aruba Properties* das Geld erhalten hat, würde man den Kaufvertrag notariell beglaubigen lassen. Nach Erhalt des Restbetrages würde man die Immobilie im Grundbuch auf seinen Namen eintragen lassen; das sei vermutlich in spätestens zehn Tagen der Fall. Olaf war einverstanden und fuhr überglücklich heim.

Am selben Abend hatte ihn Ben van Anders, ein gebürtiger Holländer, den er an der Hotelbar kennengelernt hatte, zum Barbecue in sein Haus eingeladen. Olaf beschloss, sich zur Feier des Tages einen schönen Abend zu machen. Wenig später fand er sich auf einem Villengrundstück wieder. Hinter dem Haus war ein grosser Holzkohlegrill aufgebaut; es roch verlockend nach gegrilltem Fleisch und Fisch. Direkt neben dem Grill standen mehrere Buffettische mit verschiedenen Salaten, gegrilltem Mais und Folienkartoffeln. Alles sah nach einem gelungenen Grillabend aus. Olaf schätzte die Anzahl der anwesenden Gäste auf rund sechzig Personen. Irgendwo unter ihnen befand sich auch der Gastgeber. Olaf machte unter den Gästen seine Runde. Er hatte bereits eine Menge neuer Leute kennengelernt, als Ben ihn zur Seite nahm. »Olaf, das ist schön, dass du gekommen bist. Ich bin neugierig, zu erfahren, wie weit du mit deiner Immobiliensuche bist? Hast du mittlerweile ein Haus gefunden?«, fragte er ihn. Olaf strahlte ihn an. »Ja, Ben, das habe ich. Einfach traumhaft. Ich bin so glücklich! Das Anwesen ist einfach der Hammer.«

»Na, dann erzähle einmal, vielleicht kenne ich ja das Objekt, das du gefunden hast?«

Olaf berichtete begeistert von der heutigen Besichtigung. Statt ihn zu seinem geplanten Kauf zu beglückwünschen, verzog Ben nur sein Gesicht. Olaf stutzte. »Stimmt etwas nicht?«, fragte er ihn verunsichert. Ben schnaufte verächtlich.

»Und ob, das kannst du wohl laut sagen. Erstens steht das Haus in der Bodega Bay nicht zum Verkauf und zweitens darf kein Käufer, egal ob Ausländer oder Einheimischer, einen öffentlichen Strandabschnitt erwerben! Da hat die Regierung einen Riegel vorgeschoben. Alle Strände sind öffentlich. Darf ich dich vielleicht einmal nach dem Preis fragen?« Olaf nannte ihm die Kaufsumme. Bens Miene verfinsterte sich noch mehr, sein Gesicht rötete sich vor Zorn.

»De oude varkens.« fluchte er lautstark, bevor er sich wieder beruhigte und dann leiser weitersprach. »Gut, dass du zu mir gekommen bist. Hör zu, Olaf. Die ganze Sache ist ein Betrug. Das Haus steht weder zum Verkauf, noch kannst du einen Strandabschnitt privat erwerben. Zudem ist der Kaufpreis eine reine Utopie und gänzlich unrealistisch. Lass also die Finger davon! Jetzt brauche ich noch ein Bier«, meinte er dann und verschwand in der Menge der anderen Partygäste.

Olaf schaute ihm schockiert nach. Er bestellte sich ein Taxi und verliess die Grillparty. Die Rückfahrt nutzte er, um das zu verdauen, was er vor wenigen Minuten von Ben erfahren hatte. Wenig später wälzte er sich schlaflos in seinem Hotelbett hin und her. Wie hatte man ihn nur so einfach täuschen können? Diese Frage ging ihm nicht mehr aus dem Kopf. Schliesslich verfiel er doch noch in einen unruhigen Schlaf. Mitten in der Nacht wachte er schweissgebadet auf. Er hatte davon geträumt, dass man ihm sein ganzes Geld gestohlen hatte.

Gleich am nächsten Morgen rief er seine Freunde an. Von Walter erfuhr er, dass dieser noch am selben Tag einen Besichtigungstermin hatte. Olaf warnte ihn eindringlich und berichtete ihm ausführlich, was ihm sein Freund Ben gestern erzählt hatte. Walter versprach vorsichtig zu sein und ihn zurückzurufen.

Olaf verbrachte einen unruhigen Nachmittag. Schliesslich rief Walter ihn um sechs Uhr abends zurück.

»Du hast recht« meinte er. »Es ist dasselbe Haus, das man auch dir zum Kauf angeboten hat. Nur dass es diesmal in der Turtle Bay und nicht in der Bodega Bay liegt. Abgesehen davon, die gleiche Story, die man dir erzählt hat. Ein schöner, grosser Privatstrand und die zwingende Aufforderung, zwanzig Prozent im Voraus zu entrichten. Es schien mir, als ob der Makler fest einstudierte Sätze heruntergeleiert hat, ähnlich einem Museumsführer, im Louvre, der zum x-ten Mal etwas über das Bild der Mona Lisa erzählt. Ich kam erst gar nicht dazu, eine Frage zu stellen. Ich teile dein ungutes Gefühl, dass bei der *Aruba Properties* etwas faul ist. Der Makler scheint mir alles andere als seriös zu sein.« Dann beendete er das Gespräch.

Tags darauf rief Karla ihn an und berichtete, dass man auch ihr dasselbe Strandhaus gezeigt hatte. Dann meinte sie zögernd, beinahe flüsternd.

»Olaf, bitte entschuldige. Ich könnte mich ohrfeigen. Das alles ist nur meine Schuld und fast habe ich alles vermasselt. Ich hätte damals viel gründlicher nachforschen müssen und mich nicht mit dem erstbesten Suchergebnis zufriedengeben dürfen. So ein Bock wird mir nie wieder passieren! Das schwöre ich dir.«

Zwei Tage später, ob nun aus Dreistigkeit oder aus geschäftlicher Gründlichkeit, durfte auch noch Edi die Strandvilla besichtigen. Auch ihn hatte der Makler auf den einzigartigen Privatstrand und über die notwendige Anzahlung hingewiesen.

Was konnten sie machen? Sollten sie die Polizei einschalten? Aber was hätte die tun können? Schliesslich war es nicht verboten, das Objekt mehreren Interessenten anzubieten und von ihnen eine Anzahlung zu verlangen. Was den Verkauf des Privatstrandes anbelangt, würde sich der Makler einfach herausreden können. Vermutlich hätte sein Kunde da etwas missverstanden. Selbstverständlich sei der Verkauf eines Strandabschnittes auf Aruba nicht möglich. Und ob sich bei der *Aruba Properties* tatsächlich um eine Firma mit betrügerischen Absichten handelte, musste erst einmal bewiesen werden. Dennoch waren sie sich einig. Finger weg von dieser Firma! In den nächsten Tagen sagten sie einer nach dem anderen ihr Kaufinteresse ab. Erstaunlicherweise nahm der Makler das kommentarlos und gelassen zur Kenntnis.

Man sah ihnen ihre Erleichterung an, als sie gemeinsam an der Hotelbar sassen und etwas tranken. Dank Bens Informationen war niemand von ihnen auf den ausgetüftelten Betrug hereingefallen und zu einem finanziellen Schaden gekommen.

Dann meinte Edi plötzlich. »Ich finde, dieser Kerl von Makler hat einen Denkzettel verdient. Wir sollten ihm eine Lektion erteilen.« Sie schauten ihn erstaunt an.

»Was hast du vor?«

Edi grinste spitzbübisch. »Das werdet Ihr schon sehen.«

Dann stand er auf und verliess die Hotelbar. Kurz darauf war er in der Masse der Touristen verschwunden.

Stunden später griff die Polizei im Stadtzentrum einen Mann auf, dessen nacktes Hinterteil in den grellsten Farbtönen leuchtete.

Nachwort

Wenige Wochen später berichtete *Aruba Today* über einen Riesenbetrug. Andere potenzielle Kaufinteressenten hatten sichtlich weniger Glück gehabt. Offenbar hatte die ortsansässige Firma *Aruba Properties* über Monate mehr als einem Dutzend Interessenten ein und dieselbe Liegenschaft verkauft und dabei die jeweilige Anzahlung in einem fünfstelligen Eurobereich kassiert. Nach ihrer Anzahlung erhielten die Käufer keinen Vertrag. Ihr Geld löste sich einfach in Luft auf. Von der Betrugsmasche waren nicht nur Einheimische, sondern auch Auswärtige betroffen, die man mit Skype und Videokonferenzen von einem Kauf überzeugt hatte. Nach und nach meldeten sich immer mehr Geschädigte. Die Schadenssumme stieg täglich und lag inzwischen bei geschätzten 50 Millionen Euro. Bei dem Betrag war allerdings nicht die Dunkelziffer derer eingerechnet, die hier ihr Schwarzgeld eingebüsst hatten. Der Fall warf hohe Wellen auf der kleinen Insel und war für Wochen der Gesprächsstoff Nummer eins. Der Makler blieb spurlos verschwunden und die Firma *Aruba Properties* war von einem auf den anderen Tag im Handelsregister gelöscht worden. Mehrere Monate später tauchte dieselbe Betrugsmasche auf der Insel Barbados auf. Olaf und seinen Freunden war das ziemlich egal.

Olafs Rache oder wer zuletzt lacht, der lacht am besten.

Prolog

Rache ist süss, so sagt man. Man kostet sie aus. In manchen Fällen wohl nicht zu Unrecht.

Olaf mochte sein neues Leben auf Aruba und eigentlich gab es für ihn keinen Grund, wieder in die Schweiz zurückzukehren. Niemand erwartete ihn dort. Andererseits spürte er das intensive Bedürfnis, nochmals Baden und Zürich zu sehen. Schliesslich waren diese beide Orte lange Jahre seine Heimat gewesen. War es vielleicht ein Anflug von Heimweh, der ihn plagte? Olaf wusste darauf keine Antwort. Er schob die Reise immer wieder vor sich her. Doch dann betrat er spontan das örtliche Reisebüro und buchte seinen Flug nach Zürich. Er flog alleine, niemand von seinen Freunden hatte ihn begleiten wollen.

Im Flieger kamen ihm die ersten Zweifel, ob er gerade das Richtige tat. War ein bisschen Heimweh das Risiko wert, in der Schweiz verhaftet zu werden?

Notfalls musste der zweite USB–Stick, den er damals nach dem Kandersteg Bluff, angefertigt hatte, als Rückflugticket herhalten. Er lag noch immer sicher verwahrt in einem Schliessfach in der Zürcher Bahnhofstrasse.

Die kostenlosen alkoholischen Getränke an Bord beruhigten ihn. Er schloss die Augen und kurz darauf war er eingeschlafen. Bei der Landung in Zürich Kloten waren alle seine Bedenken schlagartig verschwunden.

Ein Taxi brachte ihn zu seinem Hotel, das zentral gelegen war. Am kommenden Morgen nahm er die erste S-Bahn nach Baden. Das Wetter war sommerlich mild. Er freute sich auf die paar Tage in der Schweiz. Gemütlich schlenderte er durch die engen Gassen der Altstadt. An seiner ehemaligen Haustür war ein neues Namensschild angebracht worden. Jetzt wohnte ein Marinkovics in seiner Wohnung. Olaf genoss den Rest des Tages im schattigen Biergarten der Badener Brauerei. Schon lange hatte ihm eine Grillwurst nicht mehr so gut geschmeckt. Zwei Stunden später machte er sich auf den Rückweg nach Zürich. Der Abend versprach, schön zu bleiben. Ziellos bummelte er durch die Gassen Zürichs.

Plötzlich blieb er abrupt stehen. Der Mann, der nur wenige Meter vor ihm herlief, war das nicht Schach? Olaf schaute genauer. Es gab keinen Zweifel, das war er, sein ehemaliger Busenfeind. Olafs Neugierde war sofort geweckt. Er folgte ihm unauffällig. Schach war mit seinem Smartphone beschäftigt. Eifrig wischte er über das Display. Am Eingang zum *Club* blieb er stehen und löste ein Ticket. Olaf wartete einen Moment versteckt hinter einer der Säulen. Dann löste er ebenfalls ein Abendticket für 20 Franken. Als er den *Club* betrat, hämmerte ihm ohrenbetäubende Technomusik entgegen, sie machte ihn fast taub. Olaf steuerte direkt auf die Bar zu und bestellte sich ein Bier, während sich Schach sofort unter die Tanzenden mischte. Zielstrebig näherte er sich dabei einer jungen Frau mit Minirock und schwarzem Top. Die Frau war mindestens zwanzig Jahre jünger als Schach und konnte seine Tochter sein. Sie lächelte ihm aufmunternd zu. Schach wirbelte mittlerweile wie ein Derwisch um sie herum, bis er plötzlich die junge Frau an den Arm packte und zu einer benachbarten Sitzgruppe führte. Das Mädchen folgte ihm, ohne zu zögern. Beide nahmen Platz. Wenige Minuten später erschien ein Mann an ihrem Tisch. Olaf konnte das Gesicht des Mannes nicht erkennen. Kurz darauf lagen zwei kleine Plastikbeutel, die mit einem weissen Pulver gefüllt waren, vor ihnen auf dem Tisch. Olaf holte unauffällig sein Handy aus der Tasche. Wenn das passierte, was er erwartete, musste er es unbedingt filmen. Schach öffnete die Beutelchen und kippte das Pulver vorsichtig auf den Tisch. Dann öffnete er seine Brieftasche und entnahm ihr zwei Geldscheine und eine goldene Kreditkarte. Mit ihr formte er zwei parallele

Linien, bevor er dann einen der beiden Hundert-Franken-Schein zusammenrollte, um den Koks durch seine Nasen zu schnupfen. Das Mädchen tat das gleiche. Unbemerkt filmte Olaf weiter. Er konnte es nicht glauben. Wie konnte Schach nur so blöd sein und in aller Öffentlichkeit koksen? Aber dann war ihm schlagartig klar, Schach war kokainsüchtig und das offenbar in solchen Massen, dass er keinerlei Kontrolle mehr über sich hatte! Schach schob die beiden Geldscheine dem Mädchen zu, dann rückte er näher an sie heran und befummelte mit der linken Hand ihre Brüste, während die rechte Hand sich langsam an ihren Schenkel heraufarbeitete. Das Mädchen zuckte mit keiner Wimper und liess sich auch den Zungenkuss von Schach gefallen.

Doch plötzlich schien der Barmann auf Olaf aufmerksam geworden zu sein.

»Hallo, Sie da. Handyaufnahmen sind in diesem *Club* nicht erlaubt. Bitte machen Sie keine Aufnahmen von unseren Gästen.«

Olaf zuckte mit den Schultern und entschuldigte sich bei ihm. »Ich bin Tourist und habe einen langen Flug hinter mir. Ich wollte meinen Kumpels daheim einmal zeigen, wie Ihr es in Zürich versteht zu feiern und was es für geile Locations es hier gibt.«

Der Barmann lächelte ihn verständnisvoll an. »Wo sagten Sie, kommen Sie noch einmal her?«, fragte er ihn.

»Aus Aruba«, antwortete ihm Olaf. »Ah, also direkt aus Afrika. Das ist tatsächlich sehr weit weg! Das eine Souvenirfoto sei Ihnen gegönnt, aber keine weiteren mehr. Ist das klar?«

Olaf nickte zustimmend. »Geht klar, Chef. Vielen Dank und dürfte ich dann auch gleich zahlen?« Er war erstaunt, wie hoch die Rechnung ausfiel, legte aber noch ein ordentliches Trinkgeld drauf. »Das ist für Sie!«

Dann verliess er den *Club*. Draussen mischte er sich unter die Raucher und wartete. Schach erschien wenige Minuten später. Er hielt das Mädchen eng umschlungen im Arm. Zusammen gingen sie zum nächsten Taxistand. Olaf folgte ihnen unauffällig und machte ein letztes Foto von ihnen, bevor das Taxi in Richtung Zürichsee davon fuhr.

Die Aufnahmen, die er mit seinem Handy gemacht hatte, waren gut. Sie zeigten genau das, was sie sollten. Schachs Drogenkonsum und seine Übergriffe auf ein minderjähriges Mädchen, das er vermutlich mit Koks willfährig gemacht hatte.

Olaf empfand keine Gewissensbisse, es fiel ihm nicht schwer, das zu tun, was er wenig später tat.

Seinen letzten Urlaubstag verbrachte er auf dem Rigi. Er konnte sich an dem Panorama einfach nicht satt sehen. Dennoch freute sich Olaf, als er wieder im Flugzeug sass. Die Reise in die Schweiz hatte einen Sinn gehabt. Er würde den Besuch im *Club* immer in guter Erinnerung behalten. Dann schlief er ein.

Nachwort

Olaf erfuhr nie, welchen Sturm seine Bilder in der Personalabteilung der Grossbank auslösten. Schach hatte klar gegen den Ethik- und Verhaltenscodex seines Arbeitgebers verstossen. Er wurde für zwei Monate freigestellt, bevor man ihm dann riet, die Bank zu verlassen. Seine Karriere fand ein abruptes Ende. Sein Profil auf LinkedIn verschwand genauso schnell von der Bildfläche, wie er.

Seit diesen Ereignissen waren mehr als zwei Jahre vergangen. *Die Kandersteg Bande* hatte sich mittlerweile gut auf Aruba eingelebt. Niemand von ihnen war jemals auf den Gedanken gekommen, in die Schweiz zurückzukehren. Keiner der fünf vermisste seine alte Heimat. Edi betrieb aus Lust und Laune eine kleine Surf- und Tauchschule. Karla und Willy hatten zwischenzeitlich geheiratet und erwarteten in den nächsten Monaten ihr erstes Kind. Walter hatte sich einen Hundewelpen zugelegt, den er liebevoll auf den Namen Bruno getauft hatte. Und was Olaf betraf, er hatte zwischenzeitlich eine kurze Beziehung zu einer Griechin gehabt, die sogar zeitweise bei ihm eingezogen war. Doch auch das war mittlerweile Vergangenheit. Irgendwann hatte die junge Frau ihren Rucksack gepackt und den erstbesten Flug zurück nach Europa genommen.

Die *Kandersteg Bande* war mit sich und der Welt im Reinen. Finanzielle Probleme hatte niemand von ihnen. Sie hatten rechtzeitig, noch vor dem Wertverfall der Bitcoins, ihr Geld getauscht. Es lag jetzt sicher verwahrt in einer Bank in Oranjestad. Alles verlief ruhig, bis zu jenem Januartag.

Die blauen Tulpen

Prolog

Nordfrankreich, Mai 1944

Der deutsche Feldwebel grüsste zackig. »Herr Oberst, das Haus ist umstellt.« Oberst von Reda nickte zufrieden. »Gut, Sie wissen, was zu tun ist.« Wenige Minuten später waren Gewehrschüsse zu hören. Dann trat Stille ein. Nur eine Katze war Zeuge, als Oberst von Reda über den Innenhof schritt, in dem jetzt mehrere Tote lagen. Er schenkte ihnen keinerlei Beachtung. Flüchtig begann er, das alte Haus zu durchsuchen. Sein Blick blieb an einem kleinen Bild an der Wand hängen. Die blauen Tulpen faszinierten ihn. Er würde das Ölbild mitnehmen und gleich morgen seiner Frau Martha schicken. Das

Gemälde sähe bei ihnen daheim bestimmt hübsch aus. Wie hübsch, sollte Oberst von Reda allerdings nie erfahren. Er fiel am 7. Juni, einen Tag nach der Landung der Alliierten, in der Normandie.

Eine sanfte Meeresbrise fuhr durch die Pflanzen auf der Terrasse. Wie auch an anderen Tagen sass Olaf im Schatten zweier grosser Palmen und las in der aktuellen Ausgabe der *Aruba Today*. Sein Interesse galt der Anzeige eines renommierten und internationalen Auktionshauses in Zürich, bei dem als besonderes Highlight *Die blauen Tulpen* zur Versteigerung kamen, ein auf 100 Millionen Franken geschätztes Bild, das aus dem Besitz der verstorbenen Baronin von Reda stammte. Das Bild wurde um 1520 gemalt und mass gerade einmal 20 mal 20 Zentimeter. Es stammte von Henrik van Delft, einem holländischen Maler und galt in seiner Farbkombination als einzigartig. Das Schweizer Auktionshaus rechnete mit einem regen Käuferinteresse. Die Versteigerung sollte am 2. Mai in Zürich, in der Schweiz, stattfinden. Also, in gut drei Monaten. Olaf legte die Zeitung beiseite. Er war erstaunt, dass ein so kleines Bild ein riesiges Vermögen wert war!

Plötzlich kam ihm wie aus dem Nichts eine Idee. Er wusste, dass er einen guten und durchführbaren Plan hatte.

Olaf kramte in der Schublade nach einem Stift. Auf einem Block machte er sich ein paar Notizen. Dann rechnete er nach, ihnen blieben noch drei Monate Zeit.

Das war zwar knapp bemessen, würde aber ausreichen. Da war er sich ziemlich sicher.

Vor gut zwei Jahren war es ihm und seinen vier Freunden gelungen, die Schweizer Regierung zu erpressen und sie zur Zahlung einer stattlichen Summe von Bitcoins zu zwingen. Warum sollte das nicht auch mit einem Zürcher Auktionshaus möglich sein? Irgendwie reizte ihn der Gedanke an einen weiteren Coup in der Schweiz.

Olaf erhob sich und verliess das Haus. Es versprach, ein schöner Tag zu werden. Er schlenderte den von hohen Palmen gesäumten Kiesweg entlang, bis er zu dem kleinen Park vor dem alten Rathaus kam.

Walters Hobby war sein Hund Bruno. Jeden Tag ging er stundenlang mit ihm spazieren und brachte ihm dabei allerlei Kunststücke bei. Auch heute würde Walter wieder im Schatten des Denkmals sitzen, mit Bruno zu seinen Füßen. Die beiden Freunde begrüssten sich mit Handschlag, während Bruno zuerst schwanzwedelnd und ziemlich neugierig an Olafs Hosenbeinen herum schnupperte, um dann wieder hinter dem Denkmal zu verschwinden.

»Du, Walter, sag einmal, hast du Bruno bereits das Apportieren von Stöckchen beigebracht?«

Walter sah ihn fragend an, nickte dann aber zustimmend.

»Ja, sicher. Möchtest du dir das vielleicht einmal anschauen?«

Sekunden später flitzte Bruno hinter einem geworfenen Holzstöckchen her, das er dann zurückbrachte.

»Sehr gut. Glaubst du, Bruno könnte genauso gut auch einen Gegenstand von einer zu einer anderen Person transportieren?« fragte ihn Olaf.

Walter dachte kurz nach und nickte.

»Ja, sehr wahrscheinlich schon. Aber ich habe das bisher noch nicht ausprobiert. Warum fragst du mich das?«

»Tu mir bitte den Gefallen und rufe für heute Abend sieben Uhr alle zusammen. Ich habe eine Idee.«

In Gedanken hatte sein Plan bereits konkrete Form angenommen. Gutgelaunt verliess Olaf den Platz. Ja, es würde funktionieren.

Sie kannten sich bereits seit zehn Jahren. Alle hatten bei derselben Schweizer Grossbank gearbeitet, bis zu jenem verhängnisvollen Tag, an dem vom Management beschlossen wurde, ihr gesamtes Team innerhalb von wenigen Monaten aufzulösen.

Mit ihrem ersten Streich, dem *Kandersteg Bluff*, war es ihnen seinerzeit gelungen, die Schweizer Regierung zu erpressen und dabei um ein hübsches Sümmchen zu erleichtern. Seitdem lebten sie auf Aruba.

Am frühen Abend, die Sonne sollte schon bald im Meer versinken, sassen sie alle auf Olafs Terrasse; Walter, Edi und Willy mit Karla, die mittlerweile verheiratet waren und in wenigen Monaten ihr erstes Kind erwarteten.

Olaf bedauerte, dass die beiden daher nicht an seinem neuen Coup in der Schweiz teilnehmen konnten. Aber auch ihnen hatte er eine wichtige Rolle zugedacht. Speziell für Karla, seine ehemalige Research-Spezialistin. Sie alle würden, ohne lange zu zögern, mitmachen, davon war er fest überzeugt. Und Bruno würde bei dem neuen Coup die Hauptrolle übernehmen. Olaf kam ohne Umschweife zur Sache. Zwei Stunden später willigten sie in seinen Plan ein. Alle waren begeistert. Nun konnte es losgehen!

Auch am darauf folgenden Morgen trafen sich Olaf und Walter am Denkmal, das an die Toten der letzten Kriege erinnerte. Bruno lag brav zu dessen Füßen und harrte geduldig der Dinge, die da kommen würden.

»Also«, begann Olaf, »wie machen wir das jetzt? Wie trainieren wir Bruno am besten?«

Walter antwortete ihm, ohne eine Sekunde zu zögern.

»Learning by doing. Bruno ist auf mich, seinem Herrchen, fixiert. Daher kann er mich mit seinem ausserordentlichen Geruchssinn jederzeit und überall aufspüren. Das heisst, wir müssen ihn so abrichten, dass er mir auf Befehl etwas übergibt. Das Objekt darf natürlich nicht zu gross oder zu schwer für ihn sein.

Allerdings gibt es dabei ein Problem. Bruno darf auf keinen Fall abgelenkt werden. Weder durch eine läufige Hündin, noch durch eine streunende Katze oder eine Ratte. Er muss voll konzentriert bei der Sache sein, nicht dass er den transportierten Gegenstand irgendwo ablegt und uns dann davonrennt. Probieren wir es einfach einmal aus.«

Olaf nickte zustimmend und wie zur Bestätigung wedelte Bruno begeistert mit seinem Schwanz.

Olaf hatte zuvor in seiner Garage einen passenden Holzrahmen angefertigt. Mit ihm sollte Bruno von nun an üben. Und es kam so, wie es Walter vorausgesagt hatte. Wenn Bruno konzentriert bei der Sache war, wechselte der Gegenstand innerhalb kürzester Zeit seinen Besitzer. Anderenfalls kam der Gegenstand gar nicht erst am Ziel an. So hatten sie zum Beispiel Stunden mit der Suche nach Bruno verbracht, nur weil dieser in einem Zuckerrohrfeld eine Schar Vögel aufstöberte oder Katzen durch die staubigen Strassen des kleinen Ortes jagte.

Trotz derartiger Rückschläge ging ihr tägliches Training mit Bruno weiter. Olaf übergab dem Hund jeweils den Rahmen mit dem Befehl: »Bring ihn!«

Und schon rannte Bruno auf und davon, während Walter geduldig an den unterschiedlichsten Orten im Dorf auf ihn wartete. Nach und nach entwickelte Bruno einen Riesenspass an der Sache und legte einen grossen Eifer an den Tag. Nichts schien ihn dabei stoppen zu können.

Olafs und Walters Freude waren riesig. Wenig später sollte ihre unbändige Freude allerdings einen unerwarteten Dämpfer erhalten. Edi hatte sich an diesem Tag zu ihnen gesellt und sah sich Brunos Fortschritte an.

»Mmh, das sieht tatsächlich ziemlich vielversprechend aus!«, meinte Edi, als er Bruno herumflitzen sah. »Aber habt ihr zwischenzeitlich auch abgeklärt, ob Bruno überhaupt nach Europa fliegen darf und welche Papiere er dafür benötigt?«

Olaf schluckte und verdrehte dabei die Augen. Wie in aller Welt hatte er das bloss vergessen können? Da die Zeit drängte, musste er sich schnellstmöglich um Brunos Papiere kümmern. Er stand auf und wollte gerade gehen, als Walter ihn zurückhielt.

»Halt, bleib doch bitte sitzen. Was glaubt ihr denn? Unser Bruno ist kein gewöhnlicher und dahergelaufener Strassenköter. Selbstverständlich verfügt er über die benötigten Papiere und Impfungen. Ausserdem dürfen wir ihn aufgrund seiner Körpergrösse in die Flugzeugkabine mitnehmen. Das wird ihm bestimmt besser gefallen, als den langen Flug allein im Frachtraum zu verbringen. Glaubt mir, es ist alles bestens! Bruno ist so fit wie ein Turnschuh und bereit für den Tag X.«

Wie auf Stichwort kam Bruno angerannt. Walter bückte sich und kraulte ihn liebevoll hinter den Ohren, an einer Stelle, an der es Bruno besonders gern mochte. Bruno war begeistert. Zum Dank dafür legte er ihm eine tote

Ratte vor die Füsse. Für einen kurzen Moment schien Walter irritiert.

»Ja, sag einmal, was hast du denn mit dem Holzrahmen gemacht?«

Die nächsten zwei Wochen verliefen im selben Rhythmus, wobei sich mancher Dorfbewohner fragte, warum Bruno bei dieser Hitze durch die Gegend rannte, ganz im Gegensatz zu seinen Artgenossen, die unter den Autos oder im Schatten der Bäume friedlich vor sich hin dösten.

Olaf blickte nochmals auf sein Notizblatt. Einen Monat lang würden sie sich in der Schweiz aufhalten. Er buchte ihre Flugtickets und ein Viersterne-Hotel in der Zürcher Altstadt, eines, in dem auch Haustiere erlaubt waren.

Ihr Flug ging über Amsterdam und nach einem einstündigen Aufenthalt in Schiphol weiter nach Zürich. Bruno schlief die meiste Zeit in seiner Transportbox.

Olaf hatte während des Fluges die Zeit genutzt, um über ihren neuen Streich nachzudenken. Im Gegensatz zum vorherigen *Kandersteg Bluff* würde es diesmal keine spektakulären Aktionen geben. Ihr Coup würde gut geplant und in aller Ruhe über die Bühne gehen. Olaf glaubte, an alles gedacht und ihr Risiko auf ein Minimum beschränkt zu haben. Aber er hatte in der Nacht vor ihrem Abflug unruhig geschlafen. Zu viele Sachen waren ihm durch den Kopf gegangen. In seinem Plan gab es eine Menge Wenn und Aber, auf die er keinen Einfluss hatte und die ihm deshalb ernsthafte Kopfschmerzen bereiteten. Eine kleine Unachtsamkeit und sie würden unweigerlich die nächsten Jahre in einem Schweizer Gefängnis verbringen. Olaf seufzte, denn der Gedanke daran behagte ihm überhaupt nicht.

Im Polizei- und Justizzentrum Zürich

Es klopfte. Ein uniformierter Polizist betrat das kleine Büro. Er hielt eine ausgedruckte Liste in seiner rechten Hand.

»Hauptmann Hurni, ich denke, das sollten Sie sich einmal ansehen. Es handelt sich um unsere tägliche Liste mit den Namen der Personen, die heute mit dem Flugzeug in die Schweiz eingereist sind. Es tauchen drei Namen auf, für die vor zwei Jahren ein spezieller Sicherheitsvermerk von uns hinterlegt wurde. Aber schauen Sie bitte selbst.«

»Geben Sie einmal her.« Hurni legte das interne Rundschreiben, das er gerade gelesen hatte, zur Seite und nahm den Ausdruck entgegen. Als er die drei unterstrichenen Namen las, wurde er aschfahl.

Ihr Anschlussflug nach Zürich verlief ruhig und wie Olaf erwartet hatte, hielten sich die Schweizer Behörden an das, was sie vor zwei Jahren im *Kandersteg Fall* zugestanden hatten. Niemand schenkte ihrer Einreise spezielle Aufmerksamkeit. Ohne Probleme hatten alle drei die Passkontrolle im Flughafen Kloten passieren können.

Zehn Minuten später, und unter den bösen Blicken der Wartenden, machte Bruno einen grossen Haufen an der Gepäckausgabe. Nachdem Willy verärgert Brunos Hinterlassenschaften aufgesammelt hatte, machten sie sich mit ihrem Gepäck auf den Weg nach draussen, um dort eines der wartenden Taxis zu nehmen. Nach einer rund zwanzigminütigen Autofahrt hatten sie ihr Hotel, *Zum Tell*, in der Zürcher Altstadt erreicht.

Mit einem freundlichen »Grüezi« wurden sie an der Hotelrezeption empfangen. Eine junge Frau übergab ihnen ihre Zimmerschlüssel, während Bruno ein Leckerli von ihr bekam, das er sofort gierig verschlang. Ihre gebuchten Zimmer waren klein, aber gemütlich eingerichtet, mit Blick auf den Zürichsee und die sich im Hintergrund abzeichnenden Alpen.

An diesem Abend sollten sie von dem pulsierenden Nachtleben und der lauten Musik in den engen Gassen der Altstadt nichts mitbekommen. Schon nach wenigen Minuten waren sie alle eingeschlafen. Am darauffolgenden Morgen fand Walter die traurigen Reste seiner Hotelschlappen, die Bruno in der Nacht zerbissen hatte.

Tags darauf erkundeten sie gemeinsam die nähere Umgebung. Zu Fuss machten sie sich von ihrem Hotel aus auf den Weg zur Auktionsausstellung. Ihr Spaziergang führte entlang der Limmat. Bruno zog dabei heftig an seiner Leine. Von fremden Düften angetan stoppte er immer wieder und schnüffelte neugierig an unzähligen Bäumen und Sträuchern herum. Nach einem zwanzigminütigen Fussmarsch erreichten die vier die Auktionshalle. Diese befand sich in einer ehemaligen, denkmalgeschützten Spinnerei.

Vorsichtig umrundeten sie das rote Backsteingebäude und sahen sich dabei genau um. In der unmittelbaren Nähe der Ausstellungshalle konnten sie keine Überwachungskameras entdecken. Der Zutritt zur Ausstellung erfolgte durch eine gläserne und automatische Schiebetür. Olaf stellte zu seiner Beruhigung fest, dass die Sensoren der Tür so niedrig eingebaut waren, dass selbst Bruno sie mit seiner Schulterhöhe auslösen konnte. So weit sah alles gut aus für den Tag X. Es blieb allerdings zu hoffen, dass Bruno in Form war und nicht vergessen hatte, was man ihm in den letzten Wochen beigebracht hatte. Zufrieden machten sich alle vier auf den Heimweg.

Die öffentliche Vorbesichtigung der Bilder fand wenige Tage später statt. Olaf hatte bis dahin alles minutiös planen können. Nun gab er seinem Team die letzten Anweisungen.

»Willy, du machst dich jetzt auf den Weg und wartest ausser Sichtweite auf Bruno.« Dann wandte er sich an Edi.

»Und du Edi, stellst dich vor die Eingangstüre und achtest darauf, dass der Zutritt zur Ausstellung jederzeit möglich ist. Sobald ich euch das verabredete Zeichen gebe, geht es los. Noch ein kurzer Uhrenvergleich. Es ist jetzt zwölf Uhr und fünfundvierzig. Minuten. Um Punkt dreizehn Uhr schlagen wir zu. Gibt es noch irgendwelche Fragen? Nein? Dann geht es los!«

Vor dem Eingang trennten sich ihre Wege. Jeder nahm seine zugewiesene Position ein. Als Olaf den Ausstellungssaal betrat und den dicken, reich bebilderten Verkaufskatalog in Empfang nahm, waren bereits über ein Dutzend anderer Kunstfreunde anwesend. Alle betrachteten aufmerksam die Bilder ihrer Begierde. Geduldig beantwortete der Auktionator noch die eine oder andere Frage. Ansonsten herrschte Stille. Kellnerinnen in schwarzen Röcken und weissen Blusen trugen Tabletts im Raum umher und boten jedem Gast ein Getränk an. Olaf entschied sich für ein Glas Champagner. Er nippte nur kurz an seinem Glas, dann sah er sich um. Rund fünfzig Bilder aus der kommenden Auktion waren ausgestellt. *Die blauen Tulpen* standen separat, etwas abseits von den übrigen Gemälden. Er blieb vor dem kleinen Bild stehen und betrachtete es ehrfurchtsvoll.

Ganz plötzlich und wie aus heiterem Himmel griff sich Olaf an seine Brust, röchelte kurz und stürzte zu Boden. Im Fallen versuchte er, sich an etwas zu klammern. Dabei riss er *Die blauen Tulpen* mit sich zu Boden.

Wie aus dem Nichts tauchte plötzlich ein Hund auf, nahm das Bild ins Maul und rannte mit erhobenem

Schwanz aus dem Saal. Der Hund hatte bereits das Gebäude verlassen, als man den am Boden liegenden Olaf bemerkte. Besorgte Blicke waren auf ihn gerichtet, bevor der Auktionator herbeieilte und ihm helfend eine Hand reichte.

»Mein Gott, was ist denn mit Ihnen passiert? Geht es Ihnen nicht gut? Möchten Sie vielleicht, dass ich Ihnen einen Arzt rufe?«

Olaf erhob sich schwerfällig und schüttelte den Kopf.

»Nein, danke, aber das ist nicht nötig. Ich glaube, mir geht es schon wieder besser!«

Dann sah der Auktionator die leere Wand. »Alarm!«, rief er laut. »Alarm, wir wurden soeben bestohlen. Security, verschliessen Sie sofort alle Türen. Und verständigen Sie die Polizei. Niemand darf bis zu ihrem Eintreffen den Saal verlassen.«

Das Sicherheitspersonal reagierte sofort und verriegelte den Ausstellungssaal. Bereits nach fünf Minuten war die Zürcher Polizei vor Ort. Unter den zahlreichen Beamten befand sich auch Hauptmann Hurni. Er liess sich vom Auktionator schildern, was vor wenigen Minuten passiert war. Dann fiel sein Blick auf Olaf.

»Ah, was für eine Überraschung! So sieht man sich also wieder! Ich hörte, Sie hatten gerade einen kleinen Schwächeanfall?«, fragte er ihn mit einem leicht ironischen Unterton.

»Guten Tag, Herr Hurni. Es freut mich auch, Sie wiederzusehen! Ja, das stimmt, mir wurde es plötzlich etwas flau. Das lag wohl an dem Champagner«, antwortete Olaf mit einem Lächeln. Hurni wandte seinen Blick von ihm ab und sah sich im Saal um. Während die Spurensicherung vom Tatort Fotos machte, protokollierten Polizisten die Aussagen der anwesenden Besucher. Hurni sah Olaf scharf an.

»Wenn Sie an diesem Diebstahl beteiligt sind und das Bild gestohlen haben, dann werde ich Sie verhaften! Das schwöre ich Ihnen. Noch einmal werden Sie mir nicht davonkommen«, drohte er Olaf.

»Aber Herr Hurni, was denken Sie bloss von mir? Ich habe mir lediglich die schönen Bilder angeschaut. Aber keines davon habe ich gestohlen. Bitte überzeugen Sie sich, doch selbst«, antwortete ihm Olaf schmunzelnd, wobei er seine leeren Hosentaschen vorzeigte. Verärgert winkte Hurni ab, dann gab er den anwesenden Männern weitere Befehle.

»Wenn wir von allen Besuchern hier im Raum die Personalien aufgenommen haben, können sie gehen. Zeigen Sie mir bitte noch Ihre Videoüberwachung«, meinte er dann zu dem Auktionator. Holler zeigte auf einen kleinen Durchgang.

»Bitte, es geht hier entlang.« Als Hurni sich zum Gehen abwandte, sah man den Auktionator Holler kurz lächeln und hörte ihn leise vor sich hin murmeln.

»Ausgezeichnet! Glück muss man haben.«

In dem kleinen Nebenraum sah sich Hurni immer und immer wieder die Aufzeichnung der Videokameras an. Ein Mann, in ihm erkannte er Olaf, stand vor den *blauen Tulpen* und betrachtete das Bild. Plötzlich griff er sich an die Brust und strauchelte. Mit seiner rechten Hand versuchte er, sich noch abzustützen, aber es gelang ihm nicht. Er sackte gemeinsam mit dem Bild zu Boden. Dann tauchte wie aus dem Nichts ein schwarzer Schatten auf. Hurni hatte bereits mehrmals das Band vor- und zurückgespult und es sich dabei auch in den unterschiedlichsten Vergrösserungen angeschaut. Danach war er sich ziemlich sicher. Bei dem schwarzen Schatten musste es sich um einen Hund handeln, der mit einem Gegenstand in seinem Maul aus der Auktionshalle verschwand.

Hurni fluchte leise: »Wo in drei Teufels Namen steckt bloss dieser Köter?«

Wenige Minuten zuvor hatte ein Mann mit einem Hund an der Leine nach einem freien Taxi gewunken.

»Bitte, zuerst zur Tierpension *The Dogs Palace* in Spreitenbach«, sagte er zu dem Fahrer, als er einstieg.

»Danach fahren Sie mich bitte wieder zurück nach Zürich, und zwar zur Privatbank van de Cleff, am Limmatquai.«

Der Mann setzte sich entspannt auf den Rücksitz, während sein Hund hechelte und neugierig aus dem

Fenster schaute. Die Fahrt kostete zwanzig Franken extra, da Bruno die Seitenscheibe vollgesabbert hatte.

Tags darauf war der Diebstahl *der blauen Tulpen* das Thema in der internationalen und regionalen Presse. Seriöse Blätter berichteten über einen spektakulären Millionenraub, während die Boulevardpresse die wildesten Spekulationen über mögliche Täter anstellte und wild vor sich hin fantasierte.

Hurni hingegen war verzweifelt. Er sass mit einer Kopie des Videomaterials alleine in seinem Büro. Ihm war klar, dass er mit dem vorhandenen Material für niemanden eine Untersuchungshaft beantragen konnte. Er hatte zwar jede Menge Indizien, aber keinerlei handfesten Beweise. Kein Staatsanwalt würde seinem Haftantrag folgen und gutheissen. Dennoch lag für Hurni der unmittelbare Verdacht nahe, dass Olafs Schwächeanfall etwas mit dem Diebstahl zu tun hatte. Nur was? Und wie kam dabei der Hund ins Spiel?

Hurni kratzte sich am Kinn und grübelte weiter. Schritt für Schritt ging er nochmals in Gedanken den Diebstahl durch. Je länger er darüber nachdachte, desto überzeugter war er, dass Olaf einen Schwächeanfall nur vorgetäuscht hatte. Schlagartig war ihm klar, dass das ein Signal für den Hund gewesen war. Dieser kam herbeigerannt, nahm das Bild an sich und übergab es danach jemandem anderen in unmittelbarer Nähe der Ausstellungshalle. Nur so konnte es gewesen sein! Somit hatten sie es mit mindestens zwei Tätern zu tun. Zählte man den Hund hinzu, waren es eigentlich drei. Hurni raufte sich die Haare. Ein Millionendiebstahl, begangen von einem Hund! Man konnte einen Hund aber nicht für das Entwenden fremden Eigentums verantwortlich machen und ihn vor Gericht stellen. Das war äusserst clever gemacht, so etwas hatte es zuvor noch nie gegeben. Damit hatten die Täter die Justiz ausgetrickst. Aber ihr Diebstahl hatte einen entscheidenden Haken; *Die blauen Tulpen* konnten nirgendwo verkauft werden. Also mussten die Diebe irgendetwas anderes geplant haben. Nur was? Hurni unterbrach seine Gedanken, sein Magen knurrte mittlerweile bedrohlich. Er schaute auf die Uhr. Es war Zeit für seinen Mittag.

Am nächsten Morgen sassen sie gemeinsam im Frühstücksraum ihres Hotels. Olaf war gerade dabei, sein zweites Ei zu köpfen.

»Ich bin mir ziemlich sicher, dass uns Hauptmann Hurni in der nächsten Zeit überwachen lässt. Er hält uns für die Täter. Wir müssen aufpassen, dass er nicht mitbekommt, was wir künftig besprechen. Vielleicht sind sogar unsere Hotelzimmer verwanzt worden«, flüsterte er mit unterdrückter Stimme. Die beiden anderen nickten zustimmend. Ihnen war klar, wie sie sich in den folgenden Tagen zu verhalten hatten. Tatsächlich hatte Hurni eine Stunde zuvor den Auftrag erteilt, sie rund um die Uhr zu überwachen. Ihre Hotelzimmer hingegen waren unverwanzt.

Die Polizeimaschinerie kam langsam, aber methodisch in Fahrt. Doch in den nächsten Tagen zeigte sowohl die Beschattung der drei Verdächtigen als auch die polizeiliche Ermittlungsarbeit keinen Erfolg. Hurni hatte inständig gehofft, dass Überwachungskameras in der unmittelbaren Nähe des Auktionssaals Bilder der Täter liefern könnten. Aber es gab im gesamten Quartier keine einzige aktive Kamera. Entsprechend negativ verlief auch die Auswertung der stationären Radaranlagen. Es fand sich kein verwertbarer Hinweis. Seine Hoffnung auf einen raschen Erfolg hatte sich damit zerschlagen. Hurnis Nachforschungen verliefen im Sand. Allmählich wurde ihm bewusst, dass die drei ihn offenbar vom ersten Tag an genarrt hatten. Seine Leute waren in ganz Zürich verstreut gewesen, ohne dabei etwas anderes zu sehen, als eine touristische Sehenswürdigkeit nach der anderen. Zudem gingen die drei am Tag getrennte Wege. Erst am späten Abend, sassen sie gemeinsam im *Hunters Inn*, einem gut besuchten Pub im Zürcher Niederdorf. Doch auch hier schienen sie auf Nummer sicher zu gehen, denn obwohl die Lautstärke in der Kneipe bereits so hoch war, dass man sein eigenes Wort nicht verstehen konnte, schob Edi, mit seinem massigen Körper, jeden Fremden zur Seite, der es auch nur wagte, in ihre Nähe zu kommen.

Hurni musste sich schnell eingestehen, dass die von ihm ihn die angeordnete Beschattung nicht zum gewünschten Ziel führte. Im Gegenteil, sie blockierte eine Vielzahl seiner Mitarbeiter, die er dringend für andere polizeiliche Aufgaben benötigte. Er hatte überhaupt nichts in der Hand. Der mysteriöse Hund und *Die blauen Tulp*en blieben spurlos verschwunden.

In seiner Hundepension bekam Bruno von all dem nichts mit. Er verbrachte eine sorglose Zeit mit Schlafen, Fressen und den täglichen Spaziergängen mit einer reinrassigen Pudeldame.

Olafs Handy klingelte ein paarmal. Auf dem Display erschien eine Nummer mit der Vorwahl von Aruba. Er nahm den Anruf entgegen. Am anderen Ende meldete sich eine offenbar gutgelaunte Karla.

»Hallo, wie geht es euch? Läuft alles nach Plan?«, fragte sie ihn. Olaf informierte sie kurz über den aktuellen Stand der Dinge.

»Das hört sich gut. Ich habe auch noch etwas Interessantes über *Die blauen Tulpen* herausgefunden. Das Bild muss 1944 nach Deutschland gekommen sein. Seitdem war es im Besitz einer Baronin von Reda. Ihr Mann war Oberst in der Wehrmacht. Er ist Mitte 1944 in Nordfrankreich gefallen. Oberst von Redas Einheit war an sogenannten Straf- und Sühnemassnahmen gegen Resistancekämpfer und französische Saboteure beteiligt. Gut möglich, dass er bei einem solchen Einsatz das Gemälde an sich genommen hat. Das Bild blieb bis nach Kriegsende im Besitz seiner Witwe. Wenig später wurden nicht nur *Die blauen Tulpen,* sondern die komplette Kunstsammlung der von Redas in die Schweiz, genauer gesagt, an die Galerie Holler verkauft.

Mit dem damit erzielten Verkaufspreis war die Baronin finanziell bis zu ihrem Lebensende abgesichert. Sie wurde übrigens 96 Jahre alt.«

Olaf dachte einen Moment nach. »Also reden wir bei *den blauen Tulpen* von Raubkunst?«

»Ja und Nein. Ich denke, es handelt sich da eher um eine Grauzone«, antwortete ihm Karla. »Man weiss nicht, wer der oder die eigentlichen Vorbesitzer waren. Die Bezeichnung »Beutekunst« wäre vermutlich viel treffender. Fest steht nur, dass sich das Bild zuletzt im Besitz der Familie von Reda befand. Auf welche Art und Weise sie seinerzeit das Gemälde erworben haben, lässt sich zum heutigen Zeitpunkt nicht mehr feststellen. Kurz gesagt, obwohl die eigentliche Herkunft des Bildes im Dunkeln liegt, wird das keinen Auktionator oder Sammler von einem Kauf oder einem Weiterverkauf abschrecken. Der Kunstmarkt ist ein Kosmos für sich, gegen den der Dschungel noch das reinste Paradies ist. Moralische oder ethische Bedenken spielen bei so einem aussergewöhnlichen Kunstobjekt keinerlei Rolle. Es geht letztendlich nur um den Preis, den das Bild in einer Auktion erzielen kann. Natürlich machen seriöse Händler Nachforschungen oder einen Abgleich mit dem Art Loss Register, aber in diesem Fall müssen sie das nicht einmal tun. Da *Die blauen Tulpen* bereits vor achtzig Jahren ihren Besitzer gewechselt haben, reicht die simple Herkunftsbezeichnung: aus dem privaten Besitz einer deutschen Adelsfamilie vollkommen. Damit hat das Bild eine offizielle Herkunft und weitere Nachforschungen erübrigen sich. Und Olaf, ich habe noch etwas Wichtiges herausgefunden. Der Galerist Holler ist vollkommen pleite. Die nächste Auktion ist seine einzige und letzte Chance, um an das dringend benötigte Geld zu gelangen. Man sagt, er würde alles dafür tun, nur damit er seine Galerie und sein Auktionshaus behalten kann. Seid bitte äussert vorsichtig, denn dem Holler kann man nicht trauen!«

Olaf unterbrach Karla.

»Warte kurz, das musst du mir genauer erklären. Was meinst du mit ihm, ist nicht zu trauen?«

»Ich habe mich einmal in Kunstkreisen umgehört. Ich zitiere einen seiner Berufskollegen, der verständlicherweise ungenannt bleiben möchte: Holler gilt als vollkommen skrupellos und ihm sei vieles zuzutrauen. Euer Mann scheint mit allen Wassern gewaschen zu sein. Ich denke, ihr solltet wissen, mit wem ihr es zu tun bekommt. Und Olaf, da wäre noch etwas Wichtiges; Willy und ich werden in vierzehn Tagen ein Töchterchen bekommen. Ich wünsche mir, dass ihr alle vier dann gesund und munter zurück seid. Also, viel Glück und streichelt mir, Bruno!« Dann legte sie auf und beendete ihr Telefongespräch.

Olaf setze sich auf eine Bank und blickte über den Zürich See. In der Ferne waren die schneebedeckten Spitzen der Alpen zu erkennen. Er rief sich in Erinnerung, was ihm Karla vor wenigen Minuten über *Die blauen Tulpen* erzählt hatte. Das Bild war nichts anderes als eine blosse

Handelsware, die versprach, mindestens 110 Millionen Franken wert zu sein. Ob dabei sprichwörtlich noch Blut an seinem Rahmen klebte, schien niemanden zu interessieren. Er stand auf und ging in sein Hotel zurück.

»Herr Direktor, wir haben heute Morgen eine merkwürdige E-Mail erhalten«, meinte die junge Sekretärin, als sie das Büro des Galeristen und Auktionators Holler betrat.

»Hier bitte, lesen Sie selbst.«

Der Auktionator setzte seine Designerbrille auf und nahm seiner Sekretärin die ausgedruckte E-Mail aus der Hand:

Wir können Ihnen ihr gestohlenes Bild, die Blauen Tulpen, wiederbeschaffen. Gegen zehn Prozent seines aktuellen Versicherungswertes werden wir es Ihnen unbeschadet zurückgeben. Bei Interesse antworten Sie bitte an blauetulpen@pn. Wir werden uns danach mit Ihnen in Verbindung setzen und das weitere Vorgehen besprechen.

Der Auktionator verzog sein Gesicht, die Dinge entwickelten sich nicht so, wie er es eigentlich erhofft hatte. Aber die erhaltene E–Mail-Nachricht konnte er nicht ignorieren und einfach verschweigen. Wenn das später herauskommen sollte, würde ihm seine Versicherung die Hölle heiss machen. Widerwillig griff er zum Telefonhörer und rief in seiner Versicherungsagentur an. Rasch wurde er mit dem für ihn zuständigen Sachbearbeiter, Herrn Weber, verbunden.

»Einen schönen guten Morgen, Herr Holler. Schrecklich, dass man Ihnen das Bild gestohlen hat. Ein wahrer Verlust. Aber seien Sie unbesorgt, wir werden uns darum kümmern. Es spricht überhaupt nichts gegen Ihre Entschädigung. Doch aufgrund der hohen Versicherungssumme, von immerhin 100 Millionen Franken, hat unsere Direktion das letzte Wort.«

Holler schmunzelte, das hörte sich für ihn gut an. Vielleicht lief ja doch alles zu seinen Gunsten.

»Vielen Dank, Herr Weber, erfreulich, das zu erfahren, aber ich rufe Sie aus einem ganz anderen Grund an.«

Dann erzählte ihm Holler von der Mail, die sein Auktionshaus am frühen Morgen erhalten hatte. Weber unterbrach ihn nicht, sondern hörte aufmerksam zu, bevor er ihm antwortete.

»Ja, tatsächlich passiert so etwas viel öfter, als man eigentlich meinen würde. Gestohlene Gemälde, wie *Die blauen Tulpen,* können nicht mehr im offiziellen Kunsthandel verkauft werden. Es ist schwierig, für ein derartiges Objekt einen passenden Abnehmer zu finden. Das geht nur unter Ausschluss der Öffentlichkeit und unter der Hand an exzentrische und vermögende Sammler, die das Bild in ihrem Safe auf immer und ewig verschwinden lassen. Deshalb bietet uns die organisierte Kriminalität auch immer wieder gestohlene Objekte zum Rückkauf an. Letztendlich verdienen dann nämlich alle an so einem Deal. Die Versicherung spart sich dabei eine Menge Geld, die Täter erhalten ihren geforderten Betrag, und der Besitzer ist schlussendlich froh, sein geliebtes Kunstobjekt zurückzubekommen. Eine klare Win-win-Situation würde ich meinen. Im Regelfall gehen wir als Versicherungsgesellschaft auf einen solchen Deal ein. Doch vorab wäre allerdings noch zu klären, ob das Ihnen unterbreitete Angebot tatsächlich seriös ist oder ob es sich nur um einen möglichen Trittbrettfahrer handelt, der von unserer Versicherungsgesellschaft ein paar Franken herausschlagen will. Schicken Sie mir bitte alle E-Mails und sonstige Post, die Sie von nun an von den Erpressern erhalten werden. Ich setze mich umgehend mit der hiesigen Polizei, genauer gesagt, mit Hauptmann Hurni, in Verbindung. Polizei und Versicherung werden dann gemeinsam das weitere Vorgehen koordinieren. Wir melden uns bei Ihnen, sobald das Bild wieder auftaucht. In der Zwischenzeit ist es allerdings sehr wichtig, dass Sie nichts auf eigene Faust unternehmen!«, fügte Weber als Letztes noch hinzu, bevor er sich dann von Holler verabschiedete.

Nach dem Gespräch war sich Holler auf einmal nicht mehr so sicher, dass noch alles zu seinen Gunsten lief.

Am folgenden Tag begleitete ein uniformierter Polizist Weber zu Hauptmann Hurni. Dieser hatte ihn bereits erwartet. Nach einem kurzen Händeschütteln nahmen sie gemeinsam an einem kleinen runden Tischchen Platz.

»Worum geht es, Herr Weber? Was kann ich für Sie tun?«

Weber nahm einen Ausdruck aus seiner Jackentasche und überreichte ihn Hurni.

»Es geht um dieses Schreiben hier, Herr Hauptmann. Diese E-Mail ist gestern im Sekretariat des Auktionshauses Holler eingegangen. Und eh Sie mich fragen, ja, sowohl der betroffene Auktionator als auch wir von der Versicherung wollen uns auf den angebotenen Deal einlassen.«

Hurni runzelte die Stirn und blickte Weber erstaunt an.

»Wollen Sie etwa mit Dieben und Erpressern Geschäfte machen?«, fragte er. Doch Weber zuckte nur kurz mit seinen Schultern.

»Sie wissen doch, wie das gehandhabt wird. Für uns als Versicherer ist es nebensächlich, wer am Ende die Wiederbeschaffungsprämie erhält. Hauptsache, das gestohlene Gemälde taucht wieder auf. Ich glaube, es ist unnötig zu erwähnen, dass unsere Gesellschaft dabei auch eine Menge Geld spart!«

Hurni schloss für einen kurzen Moment seine Augen, bevor er Weber fragte.

»Wem gehört eigentlich das gestohlene Bild und warum hat der Besitzer bisher noch keine Anzeige bei der Polizei erstattet?«

»Ah, das wissen Sie nicht? *Die blauen Tulpen* gehören dem Auktionshaus Holler. Der mittlerweile verstorbene Holler Senior hat nach dem Krieg die komplette Bildersammlung der deutschen Baronin von Reda gekauft. Danach hingen ihre Gemälde über Jahrzehnte in Hollers Villa am Zürichsee. Nach dem Tod seines Vaters hat dann Holler Junior die Sammlung nach und nach veräussert. Das letzte Bild, das nun auf den Markt kommt, sind *Die blauen Tulpen*.«

Hurni antwortete ihm. »Ich verstehe. Der Auktionator ist in diesem Fall gleichzeitig auch der Eigentümer des gestohlenen Bildes. Nun zieht Herr Holler seine Anzeige zurück und möchte, dass die Polizei ihre Ermittlungen einstellt. Vermute ich das richtig?«

Weber nickte zustimmend. »Ja, darum möchten wir Sie schlussendlich bitten. Bitte stellen Sie Ihre polizeilichen Ermittlungen ein. Unsere Versicherungsgesellschaft wird sich danach um alles Weitere kümmern.«

Hurni zögerte nur kurz. »Gut, ich bin damit einverstanden. Aber sagen Sie Herrn Holler bitte, dass ich dafür noch etwas Schriftliches benötige«, meinte er, bevor er aufstand und Weber mit einem »Ich wünsche Ihnen viel Erfolg!« verabschiedete.

Nachdem Weber den Raum verlassen hatte, setzte sich Hurni wieder an seinen Schreibtisch. Ehrlicherweise musste er sich eingestehen, dass er froh war, diesen Fall zu den Akten legen zu können. Ein offener Fall weniger. Sollten sich andere mit dem dreisten Diebstahl herumschlagen, aber insgeheim fuchste es ihn gewaltig, dass ihn »*Die Kandersteg Bande*«, wie er sie mittlerweile nannte, zum zweiten Mal zum Narren hielt!

Am frühen Nachmittag trafen sich alle in Olafs Hotelzimmer. Olaf hatte *Die blauen Tulpen* neben der aktuellen Ausgabe der NZZ, der Neue Zürcher Zeitung, platziert und war gerade dabei, mit seinem Smartphone Aufnahmen zu machen. Er achtete darauf, dass das Datum der Zeitung deutlich sichtbar war. Danach versandte er die gemachten Fotos an die Versicherungsgesellschaft, zu Händen von Weber. Olaf erwartete schon bald eine Antwort. Er sollte damit recht behalten.

Tags darauf betrat Olaf das Versicherungsgebäude. Eine junge Frau begleitete ihn im Aufzug bis in den zehnten Stock. Webers Büro war zwar schlicht, aber modern eingerichtet und bot eine fantastische Sicht auf die Stadt Zürich.

»Bitte, nehmen Sie doch Platz«, Weber bot ihm einen freien Stuhl an. Olaf setzte sich.

»Möchten Sie vielleicht etwas trinken? Einen Kaffee, einen Tee oder ein Glas Mineralwasser?«

Olaf lehnte dankend ab. »Nein, danke. Wenn es Ihnen recht ist, Herr Weber, möchte ich gleich zur Sache kommen. Ich befinde mich im Besitz *der blauen Tulpen* und ich möchte Ihnen das Kunstwerk gerne zurückgeben.«

»Aber sicher. Was wären Ihre Forderungen?«, fragte ihn Weber. »Und wie stellen Sie sich die geplante Übergabe vor?«

»Nun, die Bezahlung sollte im Gegenwert von Bitcoins erfolgen. Das Bild werde ich Ihnen dann morgen persönlich aushändigen«, antwortete ihm Olaf, während er Weber einen Notizzettel mit einer aufgeschriebenen Kontonummer zuschob. Weber nickte kurz. »Ich denke, das dürfte für uns kein Problem darstellen.« antwortete er ihm. »Morgen um ein Uhr, wieder hier bei mir im Büro? Wäre Ihnen dieser Termin recht?«

Olaf nickte zustimmend und sah dabei tief in Webers Augen. »Nur eines noch, damit wir uns jetzt richtig verstehen. Mit der Rückgabe *der blauen Tulpen* und der Auszahlung Ihrer Versicherungsprämie erlischt jegliche strafrechtliche Verfolgung gegen mich. Ich möchte später keine bösen Überraschungen erleben.«

Weber antwortete ihm, ohne eine Sekunde zu zögern.

»Darüber brauchen Sie sich keinerlei Sorgen zu machen. Selbstverständlich haben Sie darauf unser Ehrenwort als die grösste Schweizer Versicherungsgesellschaft. Für uns ist der Fall mit dem Rückkauf des Bildes abgeschlossen. Wir werden danach keinerlei weitere Nachforschungen anstellen oder Sie bei der Polizei wegen Diebstahls und Erpressung anzeigen. Sehen Sie, für uns ist das ein simpler Deal, Ihr Bild gegen unser Geld. Also, dann bleibt es dabei, wir treffen uns morgen um ein Uhr. Ich wünsche Ihnen noch einen schönen Tag!« Mit diesen Worten verabschiedeten sie sich voneinander.

Am nächsten Tag um eins trafen sie sich zur vereinbarten Übergabe. Diesmal war Weber nicht alleine in seinem Büro. Neben ihm sass ein älterer Herr mit Brille. »Darf ich Ihnen vorstellen, das ist Herr Professor Dr. Bernhard.«

Er wies dabei mit einer flüchtigen Geste auf den Mann, der neben ihm sass. Professor Bernhard hatte schütteres graues Haar und trug ein dunkles Jackett, das ihm einige Nummern zu gross war.

»Sie werden bestimmt verstehen, dass wir ohne eine genaue Prüfung das Bild nicht zurückkaufen können, geschweige denn eine Prämie auszahlen werden. Aus diesem Grund habe ich heute auch Herrn Professor Dr. Bernhard, unseren eidgenössischen Sachverständigen und Kunstexperten, hinzugezogen. Professor Bernard, würden Sie sich bitte das Bild einmal genauer anschauen?«

Bernard erhob sich von seinem Stuhl und beugte sich dann über *Die blauen Tulpen*. Zentimeter um Zentimeter untersuchte er mit einer Lupe die Leinwand. Nach gut fünf Minuten legte er das Vergrösserungsglas zur Seite und blickte die beiden Anwesenden an.

»Das, was Sie uns hier mitgebracht haben, ist eine sehr gute Kopie, aber keinesfalls das Original! Soviel kann ich Ihnen sagen.«

Für einen Moment herrschte absolute Stille im Raum. Dann meldete sich Weber zu Wort. »Tja, unter diesen Umständen werden Sie sicherlich Verständnis dafür zeigen, dass wir Ihnen keine Prämie auszahlen können. Es tut mir leid.«

Olaf verschlug es die Sprache. Er suchte nach einer einleuchtenden Erklärung und ging nochmal alles in Gedanken durch. Hatte er möglicherweise etwas Wichtiges übersehen? Was war in der Zwischenzeit geschehen? Auf dem Tisch vor ihnen lag das Bild, das sie in der Galerie mit Brunos Hilfe entwendet und nach dem Diebstahl sofort in einem Safe der Privatbank van de Cleff versteckt hatten. Doch dann fiel es ihm wie Schuppen von den Augen. Er erinnerte sich an das, was Karla ihm am Telefon erzählt hatte.

»Herr Weber, bitte, bleiben Sie noch kurz. Ich glaube, ich habe Ihnen etwas sehr Wichtiges zu erzählen.«

Zehn Minuten später waren sie sich beide einig!

Holler empfing ihn in seinem elegant eingerichteten Büro. Irgendetwas beunruhigte Olaf. Er wusste nicht, woher dieses Gefühl kam. Vorsichtig schob er *Die blauen Tulpen* über den Tisch. Holler sah das Gemälde nur flüchtig an und fragte dann schroff.

»Vielen Dank. Und was wollen Sie jetzt von mir?«

»Die Belohnung für die Wiederbeschaffung *der blauen Tulpen*. Nichts anderes.«

Holler warf Olaf einen geringschätzigen Blick zu, dann öffnete er langsam seine Schreibtischschublade und entnahm ihr einen alten Trommelrevolver. Ohne zu zögern, richtete er die Armeewaffe auf Olaf.

»Ich glaube, es ist gesünder für Sie, wenn Sie jetzt verschwinden. Also, sofort raus hier!«

Eingeschüchtert erhob sich Olaf. Mit erhobenen Händen verliess er das Büro, ohne dabei Hollers Revolver aus den Augen zu lassen. Das Bild liess er auf dem Tisch liegen. Als sich die Tür zum Lift schloss, atmete Olaf tief durch. Seine Aufgabe war mit der Übergabe *der blauen Tulpen* erledigt.

Nun musste Hauptmann Hurni nur noch den entscheidenden Tipp erhalten. Er lächelte, so weit lief alles gut.

Als sie am nächsten Morgen nach Aruba zurückflogen, sahen alle drei zufrieden aus. Ausser Bruno, der in seiner Transportbox, bekümmert, seinem Aufenthalt im *Dogs Palace* nachtrauerte.

Einige Stunden später klingelte in Hurnis Büro das Telefon. »Herr Hauptmann? An der Pforte wurde ein Brief für Sie abgegeben.«

Hurni legte die Akte, in der er gerade geblättert hatte, zur Seite. »Hat man Ihnen gesagt, worum es geht?«

»Nein, der Mann meinte nur, dass ich Ihnen diesen Brief persönlich aushändigen soll.«

»Gut, ich komme sofort zu Ihnen!«

Hurni erhob sich und machte sich auf den Weg zum Eingang. Auf dem Umschlag befand sich kein Absender. Vorsichtig öffnete er den Brief, dann las er den Text.

»Was zum Teufel…?«, entfuhr es ihm, er vergass seinen Satz zu beenden.

Die blauen Tulpen wurden wenige Tage später in Zürich zu dem Rekordpreis von 130 Millionen Schweizer Franken versteigert. Mit dem erzielten Preis waren sie das teuerste Gemälde in Europa.

60 Tage später brachte eine Pudeldame vier gesunde Welpen zur Welt, die aber zum Leidwesen ihres Besitzers keinerlei Ähnlichkeit mit einem Rassepudel aufwiesen.

Nachwort

Aruba Today, einige Monate später.

Der bekannte Schweizer Galerist und Auktionator Holler wurde in Zürich verhaftet und vor ein Gericht gestellt. Die Staatsanwaltschaft und der leitende Ermittler Hauptmann Hurni legen ihm zur Last, dass das kürzlich zu einem Rekordpreis von 130 Millionen Schweizer Franken verkaufte Bild, *Die blauen Tulpen*, eine gutgemachte Fälschung ist. Wie sich herausstellte, befand sich das Original seit Jahrzehnten in Hollers privater Sammlung. Für den Galeristen und Auktionator Holler war es eine Kleinigkeit gewesen, ein gefälschtes Gemälde in den Handel zu bringen und in seinem Namen zu versteigern. Holler ist vollumfänglich geständig; ihm drohen bei einer Verurteilung bis zu drei Jahren Haft. Auf Anfrage unserer Zeitung, wie man ihm auf die Spur gekommen sei, antwortete der leitende Ermittler Hauptmann Hurni: Man habe einen anonymen Tipp erhalten, dem man erfolgreich nachgegangen sei.

Es klingelte an der Haustüre. Olaf stand auf und öffnete die Tür. Vor ihm stand ein Kurierbote.

»Guten Morgen, ich habe hier einen eingeschriebenen Brief für Sie. Er kommt von einer Schweizer Versicherungsgesellschaft.«

Olaf quittierte den Empfang, dann entnahm er den Scheck, den er gleich am nächsten Morgen einlösen würde. Alles war gut!

Das Deutsche U-Boot

Prolog

Am 20. April 1945 verliess U920 den Marinehafen von Kiel. Das Boot stand unter dem Kommando von Kapitänleutnant Achim Dietrich. In geheimer Mission sollten zwanzig wasserdichte und versiegelte Kisten nach Südamerika transportiert werden. Zwei Meilen vor Aruba sichtete ein Aufklärungsflugzeug der US-Navy das Boot und griff es an. Nach einem Bombentreffer befahl Kapitänleutnant Dietrich seiner Mannschaft, das Schiff zu verlassen. Keine 500 Meter vom Strand entfernt verliess die 40-köpfige Besatzung das sinkende Boot und begab sich in die Gefangenschaft.

Olaf sass beim Frühstück und blätterte in der aktuellen Ausgabe der *Aruba Today*. Die Zeitung berichtete, dass Mitglieder des örtlichen Tauchclubs zufällig auf das Wrack eines gesunkenen deutschen U-Bootes gestossen waren. Die Hobbytaucher waren dabei auf zahlreiche wasserdichte Kisten im Heck des Bootes gestossen. Nun überlegte die Regierung des Inselstaates, die Fracht des Bootes zu bergen. Olaf legte die Zeitung zur Seite, ohne der Nachricht weitere Beachtung zu schenken. Zwei

Wochen später berichteten die örtlichen Medien erneut über den Fund. In der ersten Kiste, die man an die Oberfläche gebracht hatte, fanden sich alte britische Pfundnoten. Hunderte von ihnen und man vermutete noch mehr in dem Wrack. Aber aufgrund der stürmischen See hatte man die Bergungsarbeiten unterbrechen müssen. Das staatliche Bergungsteam hoffte nun auf besseres Wetter. Olaf fragte sich, ob die alten Geldscheine noch gültig waren. Wenn ja, wäre das ein Millionenfund. Ein wahrer Schatz, der unter der Wasseroberfläche verborgen lag. Olaf meinte, sich erinnern zu können, dass in bestimmten Ländern alte Banknoten unbefristet umgetauscht werden konnten. Selbst Noten, die bis zur Staatsgründung zurückreichten. Auch wenn niemand auf den Gedanken kommen würde, einen alten Geldschein, der in Sammlerkreisen ein Vielfaches mehr wert war, zum Nominalwert zu tauschen. Praktisch war das aber jederzeit möglich.

Am frühen Abend beschloss er, seinen Kumpel Edi zu besuchen, der eine kleine Surfschule unterhielt und auch Tauchgänge für Touristen anbot. Als Olaf ankam, war Edi gerade dabei, die Surfbretter in einen Schuppen zu verstauen. Sie begrüssten sich freundschaftlich. Mit einem kalten Bier in der Hand setzten sich auf einen der Liegestühle, die direkt am Strand standen. Zusammen betrachteten beide das Meer und die Wellen.

Dann unterbrach Edi ihr Schweigen. »Und was möchtest du von mir? Wie kann ich dir behilflich sein?« Olaf nickte. »Ich hätte da einmal eine Frage. Wie tief sind hier die Gewässer?« Edi schaute ihn interessiert an. »Ich tippe einmal auf zwanzig, maximal fünfundzwanzig Meter. Aber warum fragst du mich das? Du tauchst doch gar nicht.«

Olaf antwortete ihm. »Das stimmt. Hast du von dem gesunkenen deutschen U-Boot gehört?«

»Jeder weiss davon. Warum interessiert dich das?« Olaf schwieg einen Moment. »Nach den Informationen, die ich besitze, haben die gefundenen Geldscheine noch immer ihren ursprünglichen Wert. Auch wenn sie bereits vor neunzig Jahren gedruckt wurden.« Edi stiess einen Pfiff aus. »Wow! Du willst mir sagen, dass man da draussen nach einer Menge Geld fischen kann? Kein Wunder, dass unsere Regierung die gesamte Ladung bergen will.« Dann fügte er grinsend hinzu. »Das wäre ein will kommender Geldsegen für die leere Staatskasse.«

»Ja, es sieht wohl danach aus«, pflichtete ihm Olaf bei. »Ich habe mich einmal schlau gemacht und herausgefunden, dass die Devisenvorräte der Nazis hauptsächlich aus Pfund- und Dollarnoten bestanden. Vielleicht haben sie kurz vor Kriegsende versucht, einen Teil davon in Sicherheit zu bringen. So unwahrscheinlich wäre das nicht.«

Edis Augen funkelten. »So, so und meinst du, der verrückte Edi wird in den haiverseuchten Gewässern tauchen, um eine der Kisten aus dem Wrack zu holen?«

»Gut geraten. Genau daran habe ich gedacht, als ich zu dir kam.« Olaf grinste und reichte ihm seine Hand. »Deal? Zweidrittel des Inhaltes für dich?« Edi schlug sofort ein, er musste keine Sekunde darüber nachdenken.

Zwei Tage später hatte sich die See endlich beruhigt. Sie fuhren mit Edis Schlauchboot zum Wrack hinaus. Das gesunkene Boot war mit einer Sicherheits-Boje gekennzeichnet worden. Das Wasser war an dieser Stelle kristallklar und man konnte bis zum Grund schauen. Ein Schwarm bunter Fische war zu sehen. Edi warf den Anker über Bord, während Olaf nach weiteren Booten Ausschau hielt. Weiter draussen glitt eine Segelyacht vorbei. Vom staatlichen Bergungsteam war hingegen nichts zu sehen. Niemand würde daher von ihrem Tauchgang erfahren.

Edi zwängte sich in einen schwarzen Neoprenanzug, schulterte eine Sauerstoffflasche und nahm probehalber einen tiefen Atemzug, bevor er ins Wasser sprang. In wenigen Metern Tiefe fand er das U-Boot-Wrack. Alles sah friedlich aus, wäre nicht das riesige Loch gewesen, das die Fliegerbombe vor achtzig Jahren gerissen hatte. Zentimeterdicke Eisenplatten waren verbogen und gaben die Sicht auf das Bootsinnere frei. Edi schwamm langsam bis zum Heck des Bootes. Die Taucher des Bergungsteams hatten hier zusätzlich ein weiteres Loch in den Rumpf geschweisst, um sich so Zugang zur Ladung verschaffen zu können. Schon aus mehreren Metern Entfernung konnte Edi das Dutzend Kisten erkennen, die kreuz und quer im Inneren des Bootes lagen. Alle schienen unbeschädigt zu sein. Edi tauchte auf und nahm das Seil, das Olaf an einer Winde befestigt hatte. Dann zwängte er sich nochmals in das Heck des Bootes. Nach mehreren vergeblichen Versuchen gelang es ihm, das Seil an einer der Kisten zu befestigen. Er ruckte kurz am Seilende und bemerkte, wie die Bootswinde langsam anzog. Wenige Minuten später tauchte die schwere Kiste an der Wasseroberfläche auf. Nur mit Mühe wuchtete Olaf sie in das Innere des Bootes, während Edi achtlos seine Flossen ins Boot warf. Dann schauten sie sich an.

»Was nun? Wir haben kein Werkzeug im Boot, um die Kiste zu öffnen.« Olaf nickte. »Ja, bringen wir sie zuerst an Land und öffnen sie dann dort.«

Er gab Gas, nach wenigen Minuten waren sie an Edis Surfschule angekommen. Olaf setzte das Boot auf den Strand. Mithilfe der Seilwinde hoben sie die schwere Kiste aus dem Boot. Edi eilte in den Schuppen, um das benötigte Werkzeug zu holen. Gemeinsam versuchten sie mit Hammer und Meissel die Kiste zu öffnen. Beide gerieten schon bald ins Schwitzen. Nach weiteren dreissig Minuten gab der Deckel endlich etwas nach. Sie wussten, dass sich alles Mögliche in der Kiste befinden konnte. Beide schauten sich gespannt an.

»Also«, meinte Olaf. »Auf drei heben wir gemeinsam den Deckel an. Eins, zwei und drei.«

Mit einem letzten Ruck flog der Deckel auf. In der Kiste befanden sich die Reste von ehemaligen Geldbündeln, die sich allerdings in einen Papierbrei verwandelt hatten. Olaf glaubte auf einer der noch vorhandenen Banderolen das Wort Reichsbank lesen zu können.

Edi wühlte in dem Brei herum. Dann sahen sie es. Der Anblick verschlug beiden die Sprache. Zwei Goldbarren! Jeder von ihnen war bestimmt zehn Kilogramm schwer. Ihre Augen begannen zu leuchten. Olafs Puls schlug stärker. Sie konnten ihr Glück nicht fassen. Was für ein Fund!

Edi hatte bei der Auswahl der Kiste ein sprichwörtlich goldenes Händchen gehabt. Zu einem zweiten Tauchgang kamen sie allerdings nicht mehr, denn am nächsten Morgen holte das staatliche Bergungsteam die noch verbliebenen neunzehn Kisten an die Oberfläche.

Nachwort

Es wurde nie erwähnt, was sich in diesen verbliebenen Kisten befand. Drei Monate später eröffnete Edi eine weitere Surfschule.

Die Sache mit den Drogen

Prolog

Wie auch an jedem anderen Morgen schwamm Ben mehrere hundert Meter ins offene Meer hinaus. An der roten Boje kehrte er jeweils um und kraulte zum Strand zurück. Als er aus dem Wasser stieg, stolperte er über ein Päckchen. Ohne lange nachzudenken, hob er es auf und brachte es ins Haus. Er hatte nicht bemerkt, dass er dabei beobachtet wurde.

Am nächsten Tag hatte Ben das Päckchen, das er in seiner Garage deponiert hatte, bereits wieder vergessen. Er hatte wichtigeres im Kopf, denn in knapp einer Stunde würde die jährliche Vorstandssitzung der *Aruba Energy* beginnen. Ben nahm einen seiner massgeschneiderten Anzüge aus dem Schrank, band sich eine gestreifte Krawatte um und ging in die Garage. Fassungslos blieb er auf der Türschwelle stehen. Die Garage war ein einziges Chaos! Alles schien durchwühlt worden zu sein, und die beiden Vordertüren seiner

Limousine waren weit geöffnet. Er fragte sich gerade, was passiert war, als zwei Schüsse fielen. Ben war auf der Stelle tot. Es war genau zehn Minuten vor acht.

Olafs Entsetzen war gross, als er am nächsten Morgen über den Mord an Ben in der Zeitung las. Ben war ihm in den letzten Jahren ein guter Freund gewesen und Olaf ein regelmässiger Gast auf seinen Grillpartys. Er erinnerte sich noch dankbar daran, wie ihm Ben in den ersten Monaten auf Aruba behilflich gewesen war. Er hatte ihn seinerzeit vor einem gigantischen Immobilienbetrug gewarnt und so vor dem Verlust seines Geldes bewahrt.

Der Mordfall sorgte für riesige Schlagzeilen in der regionalen Presse und gab wochenlang zu reden. Die Spekulationen gingen dabei in alle Himmelsrichtungen. Eine Abrechnung unter Drogenbossen, ein Mord in der High Society oder nur das zufällige Opfer eines Einbrechers? Über alles stellte man Mutmassungen an.

Olaf war sich aber sicher, dass sein Freund nicht in irgendwelche kriminellen Machenschaften verwickelt war. Das hätte nicht Bens Charakter entsprochen. Aber was war an jenem schicksalshaften Morgen geschehen? Olaf wusste nicht mehr als das, was er aus den Zeitungen erfahren hatte. Die örtliche Polizei war bisher keinen Schritt weitergekommen. Sie tappte im Dunkeln. Ein Motiv für den Mord hatte sie nicht finden können, dafür aber Spuren von Kokain in Bens Garage. Hatte sich Olaf vielleicht doch in Ben geirrt?

Es verstrichen mehrere Wochen, bis er zufällig auf einen Internetartikel stiess. Offenbar war das amerikanische FBI auf eine neue Schmuggelroute der südamerikanischen Drogenbosse gestossen. Kleine Schnellboote machten sich regelmässig von Südamerika aus auf den Weg, um ihre Fracht, bestehend aus Kokain, zu transportieren. Man hatte herausgefunden, dass die Drogenkuriere kleine und abgelegene Inselbuchten bevorzugten, um dort ihre Fracht an Land zu bringen. Dort wurden die Pakete dann umgeladen und von Sportflugzeugen, die das Radar der Küstenwacht unterfliegen konnten, nach Florida gebracht. Die *Kustwacht* von Aruba hatte letztens eines dieser Speedboote verfolgen können. Aber bevor man der Mannschaft habhaft werden konnte, warf sie sämtliche Drogenpakete ins Meer. Als das Boot schliesslich nach einer dreissig minütigen Verfolgungsjagd aufgebracht werden konnte, war es so clean wie ein OP-Saal.

Olaf setzte seine Lesebrille ab. War das vielleicht eine Erklärung für Bens Tod? Bens Villa lag an einem einsamen Sandstrand. Hatte er dort vielleicht etwas gefunden und mitgenommen? Etwas, was andere unbedingt haben wollten? Hatte Ben eines dieser über Bord geworfenen Pakete gefunden und ins Haus gebracht? War das der Grund, warum seine Garage durchsucht und verwüstet worden war? Olaf ahnte, dass er mit seiner Vermutung der Wahrheit ziemlich nahekam. Urplötzlich ergab alles einen Sinn. Doch was konnte er tun? Er hatte keine Beweise, die er der Polizei vorlegen konnte. Sollte er selbst ermitteln? Olaf war sich nicht sicher und verschob die Entscheidung auf den nächsten Tag. Aus einem Tag wurden dann vierzehn. Endlich hatte er eine Idee, wie er bei der Suche nach Bens Mörder behilflich sein konnte. Er machte sich auf den Weg zu Edis Surfschule. Ihm war jetzt die Lust nach Smalltalk und einem kühlen Bier. Edi sass im Schatten zweier Bäume. Weit und breit war keiner seiner Surfschüler zu sehen. Edi grüsste ihn und ging kurz ins Haus. Wenig später kam er mit einem kalten Bier zurück. Olaf nahm die Flasche dankend entgegen. Nach dem ersten Schluck meinte er.

»Edi, der Mord an Ben beschäftigt mich noch immer. Du weisst, er war ein guter Freund von mir und ich würde so gern bei der Verhaftung seines Mörders behilflich sein. Ich weiss aber nicht, was ich machen kann. Ich glaube, Ben ist da bestimmt unbeabsichtigt in etwas hineingeraten. Daher vermute ich, dass er eines der Drogenpäckchen gefunden hat, die vor Wochen von den Schmugglern ins Meer geworfen wurden. Er hat es aufgesammelt und ohne sich um den Inhalt gekümmert zu haben, in die Garage gelegt. Vermutlich hat ihn jemand dabei beobachtet. Als derjenige dann das Paket entwenden wollte, wurde er von Ben gestört und peng! Was meinst du? Könnte es vielleicht so gewesen sein?«

Edi schwieg eine Weile. »Ehrlich gesagt, ich halte Ben auch nicht für einen Kriminellen. Ich denke, es macht Sinn, was du gesagt hast. Wenn ich es mir genauer überlege, erinnert mich das alles an meine wilden Zeiten in Amsterdam. Dort gehörten Drogen zum Alltag. Du konntest alles haben, vom klassischen Joint, bis hin zu einer Nase Koks. Die Dealer waren gut organisiert. Ihre Ware erhielten sie pünktlich von ihren Lieferanten. Zu Revierstreitereien kam es eher selten. Jeder hatte sein Viertel, in dem er Dealen konnte. An unterster Stelle waren die Süchtigen, die ihre eigene Ration mehrfach streckten, um sie dann weiterzuverkaufen und so ein paar zusätzliche Gulden zu verdienen. Verstehst du, was ich dir damit sagen möchte?«

Olaf schüttelte den Kopf. »Nein, nicht wirklich.«

»Also, die Sache ist relativ einfach. Wenn man im Meer vor Aruba Kokainpäckchen gefunden hat, wurden sie von irgendjemandem hier auf der Insel erwartet. Ob nun für den hiesigen Bedarf oder für den Weitertransport, das spielt dabei keine grosse Rolle. Die entscheidenden zwei Fragen lauten: Wer ist auf unserer kleinen Insel der Drogenboss, der für den Vertrieb oder den Weitertransport des Rauschgiftes verantwortlich ist? Wenn du den findest, hast du auch Bens Mörder. Leider ist mit solchen Typen aber nicht gut Kirschenessen, wie Ben am eigenen Leib erfahren musste. Ich persönlich bevorzuge es, solchen Leuten aus dem Weg zu gehen, und das solltest du auch besser tun! Lass die Polizei ihre Arbeit machen und weiter ermitteln oder gib ihnen einen anonymen Tipp. Nur misch dich bitte nicht persönlich ein. Das musst du mir hoch und heilig versprechen. Ich möchte dich nicht im Leichenschauhaus identifizieren müssen.«

Olaf schwieg verlegen. Edi hatte recht, die ganze Sache war viel zu gefährlich. Er blieb noch eine Weile, bevor er sich von seinem Freund verabschiedete und tief in Gedanken versunken heim ging.

Er versuchte, an etwas anderes zu denken. Dabei redete er sich ein, dass die Polizei alles Mögliche unternehmen werde, um Bens Mörder zu finden. Mehrere Wochen vergingen. Während dieser Zeit meldete sich die Polizei noch einmal zu Wort. In einer Pressemitteilung schrieb sie, dass die Waffe, mit der Ben erschossen wurde, schon vorher einmal bei einer Schiesserei benutzt worden war und dass man die in seiner Garage gefundenen Fingerabdrücke einem früheren Raubüberfall zu ordnen konnte. Man hatte aber keinerlei weitere Hinweise, vom möglichen Täter fehlte jede Spur. Es könnte daher durchaus der Fall sein, dass der Mord an Ben van Anders unaufgeklärt bleiben würde. Und wie nach dieser Aussage zu erwarten war, stellte die Polizei einen Monat später ihre Ermittlungen ein.

Nachwort

Doch dann nahm der Zufall seinen Lauf. Kurz hinter Oranjestad geriet eines Abends ein Autofahrer in eine Polizeikontrolle. Der Mann war so zu gekokst, dass er nicht einmal seinen Namen nennen, geschweige denn erklären konnte, was eine geladene Pistole in seinem Handschuhfach zu suchen hatte. Die Handschellen schlossen sich. Bereits am nächsten Morgen stand fest, dass man Ben mit dieser Pistole erschossen hatte. Die Polizei hatte Bens Mörder doch noch gefasst. Die Staatsanwaltschaft verurteilte den Mann wegen Kokainhandels und Mordes zu einer lebenslangen Haftstrafe. Niemand war darüber glücklicher als Olaf. Ben hatte endlich seinen Frieden gefunden.

Das Schweizer Internat

Prolog

Die Schweiz ist bekannt für viele private Internate. Viele ihrer Schüler gehören später zur globalen Elite.

Willy und Karla waren seit Jahren glücklich verheiratet. Mittlerweile hatten sie drei Kinder. Olaf war Pate ihres ältesten Sohnes, Samy, einem klugen und aufgeweckten Jungen, der seiner hübschen Mutter wie aus dem Gesicht geschnitten war. Jeder mochte ihn und er hatte viele Freunde, mit denen er täglich herumtollte.

Auch an diesem Nachmittag, an dem man Olaf eingeladen hatte, tobte er mit seinen Spielgefährten im Garten herum. Es war eine fröhliche Bande, die einem Fussball hinterherjagte. Olaf war erstaunt gewesen, als Karla und Willy ihn kurzfristig einluden, um etwas, wie sie es nannten, betreffend Samy zu besprechen. Er hatte am Telefon nicht weiter nachgefragt und war dem Wunsch seiner Freunde gefolgt. Jetzt sass er mit Willy im kühlen Schatten ihrer Terrasse. Er hatte schon etliche Male auf diesem Platz gesessen, doch heute schien alles irgendwie anders zu sein. Olaf bemerkte eine gewisse Unsicherheit bei seinen zwei Gastgebern. Was konnte das sein, fragte er sich? Karla brachte die gekühlten Getränke und setzte sich schweigend zu ihnen. Eine Weile spielte sie nervös mit ihrem goldenen Ehering herum, dann eröffnete sie das Gespräch.

»Olaf, wir haben dich heute eingeladen, weil wir dir etwas mitteilen möchten. Es geht um Samy, wir möchten ihn gerne auf ein Schweizer Internat schicken. Wir möchten, dass er eine erstklassige Ausbildung erhält, die ihm eine Zukunft ausserhalb Arubas ermöglicht.«

Dann schob sie ihm einen Prospekt über den Tisch zu. Olaf blätterte ihn flüchtig durch.

«Das ist das Schweizer Privatinternat, an das wir gedacht haben. Samy würde dort die nächsten sechs Jahre wohnen und mit dem Abschluss kann er dann selbst entscheiden, wie es für ihn weitergeht.«

Olaf glaubte, seinen Ohren nicht zu trauen. Er schaute Karla verwundert an. Sie konnte das doch nicht ernst meinen. Dann warf er einen kurzen Blick auf Willy. Er sah unglücklich aus, verriet aber keinerlei Emotionen, sondern starrte teilnahmslos auf einen fernen Punkt am Horizont.

Olaf schwieg einen Moment, bevor er Karla fragte.

»Warum? Euer Samy ist doch glücklich hier.« Dabei zeigte er auf die kleine Gruppe lachender und spielender Kinder in ihrem Garten.

Karla schaute Olaf verärgert an. »Das habe ich dir doch gerade versucht zu erklären. Samy ist zu klug und Aruba zu klein. Hier wird er keine grosse Zukunft haben.«

Olaf begriff, dass ihr Gespräch damit zu Ende war. Jede weitere Diskussion oder Frage würde nur zu einem Bruch ihrer langjährigen Freundschaft führen. Er stand auf und stellte seinen Stuhl zur Seite, bevor er sich von den beiden verabschiedete und das Haus verliess.

Aber was dachte Samy? Olaf beschloss ihn gleich morgen, direkt nach der Schule abzufangen und zu fragen, was er von dem Vorschlag seiner Mutter hielt.

Am nächsten Tag machte sich Olaf auf den Weg zur öffentlichen Schule. Aus Erfahrung wusste er, dass Samy einer der ersten war, die das Schulgebäude verliessen. So auch heute. Kaum hatte die Schulglocke geläutet, als Samy aus seiner Klasse gerannt kam. Olaf winkte und rief ihn zu sich.

»Hi Samy! Ich hole dich heute ab.« Das Gesicht des Jungen strahlte vor Freude. »Oh, fein. Gehen wir.« Gemeinsam machten sie sich auf den Weg. Olaf beschloss, das Gespräch vorsichtig zu beginnen.

»Was habe ich da gehört? Du gehst demnächst in der Schweiz zur Schule? Das finde ich ja toll.«

Doch Samy sah ihn nur traurig an. »Meine Mama will das, sie hat sich schon ganz fürchterlich mit meinem Papa gestritten. Aber ich will nicht gehen! Dort soll es sehr kalt sein und ich wäre jahrelang allein in der Schweiz, ohne meine besten Freunde und ohne Bruno!«

Olaf schaute auf Samy, dessen Fröhlichkeit schlagartig verschwunden war. Jetzt liefen dem Jungen dicke Tränen die Backen hinunter. Er sah sehr unglücklich aus.

Olaf musste dringend etwas unternehmen, nur was? Ihm fiel im Moment nichts ein. Vor dem Haus verabschiedeten sie sich beide voneinander. »Grüss mir deine Eltern«, rief er Samy noch hinterher. Doch der Junge hatte ihm gar nicht mehr zugehört.

Olaf eilte nach Hause. Er wartete, bis der Kaffee durchgelaufen war, dann nahm er den Internatsprospekt vom Tisch und las ihn in aller Ruhe durch. Wenig später stand er vom Sofa auf und schaltete den PC ein. Nach vier Stunden Suche im Internet fielen ihm fast die Augen zu. Doch dann glaubte er, für Samy eine Lösung gefunden zu haben.

Morgen würde er Karla noch einmal einen Besuch abstatten und es würde ihn stark verwundern, wenn Karla danach noch immer auf ihre Entscheidung beharren würde. Er lächelte zufrieden und ging schlafen.

Gut ausgeschlafen machte er sich Tags darauf zu Fuss auf den Weg zu Karlas Haus. Sie räumte gerade den

Frühstückstisch auf der Terrasse ab, als Olaf das Haus betrat.

»Guten Morgen, Karla. Störe ich dich? Ich wollte dir gerne etwas zeigen.«

Dann setzte er sich auf einen der freien Korbstühle und schob ihr den Ausdruck zu, den er gestern Abend erstellt hatte. Karla setzte sich ihre Brille auf und begann zu lesen. Nach mehreren Minuten lehnte sie sich in ihrem Stuhl zurück. Sie war blass geworden.

»Mein Gott, das habe ich nicht gewusst, aber wenn das so ist, dann ....«

Nachwort

Karla erzählte später niemandem davon, was ihr Olaf an diesem Morgen zu lesen gegeben hatte und wie der Diktator hiess, der dieses Privatinternat vor Jahren besucht hatte. Aber Samy wurde nie auf ein Schweizer Internat gesandt, dieses Thema kam nie mehr zur Sprache.

Die Flaschenpost

Prolog

Santiago de Cuba, 10. März 1672

Wenige Tage zuvor hatte man das Schiff Cochon d'or von Francis Piet gekapert und den Piraten überwältigen können. Mit vier weiteren Überlebenden seiner Crew hatte man ihm den Prozess gemacht. Das Urteil lautete auf: Tod durch den Strang. Nun führten ihn sechs Wachsoldaten, in Ketten gelegt, zur Hinrichtung. Viele Schaulustige hatten sich um den Galgen herum versammelt. Als der Henker ihm die Schlinge um den Hals legte, war das Letzte, was Francis Piet der Menge zurief. »Ihr habt zwar mich, aber nicht meinen Schatz. Den werdet Ihr niemals finden. Nicht einmal in hundert Jahren! Der Weg, der Euch zu meinem Schatz führt, ist durchsichtig und schwimmt im Meer.« Seine rätselhafte Aussage konnte nie entschlüsselt werden. Der legendäre Piratenschatz wurde nie gefunden und geriet schon bald in Vergessenheit.

Olaf machte seinen täglichen Spaziergang. Die Sonne wärmte angenehm seinen Rücken. Als er sich dem kleinen Park näherte, sah er schon vom Weiten Walter mit seinem Hund Bruno. Auch heute sassen die beiden im Schatten des Denkmals. Diesmal hielt Walter aber kein Holzstöckchen in der Hand, sondern eine altertümliche Flasche. »Hallo Olaf. Schön, dass du gerade vorbeikommst. Schau einmal, was Bruno vor einer halben Stunde am Strand gefunden hat.«

Walter streckte ihm eine Glasflasche entgegen. Olaf setzte sich auf eine der Stufen des Denkmals und nahm die grüne Flasche entgegen. Sie war erstaunlich schwer und sah ziemlich alt aus. Olaf hielt die Flasche gegen die Sonne, bevor er erstaunt meinte.

»Da ist ja noch etwas drin!«

Walter nahm ihm die Flasche aus der Hand.

»Stimmt, du hast recht. Hast du zufällig dein Taschenmesser dabei?«

Olaf griff in seine linke Hosentasche und übergab ihm sein Schweizer Klappmesser. Dann begann Walter vorsichtig, den versiegelten Korken zu entfernen. Er zerbröckelte dabei in kleine Einzelstücke. Mit einem letzten Ruck gelang es ihm dann aber doch noch, den restlichen Korken aus dem Hals der Flasche zu ziehen. Es gab ein leichtes Zischen, als dabei die Luft entwich. Im Inneren befand sich ein zusammengerolltes und vergilbtes Stück Papier oder ein altes Stück Pergament. Olaf entnahm es ganz vorsichtig und entfaltete es dann. Es war ein Text, verfasst in einer alten Handschrift. Mühsam versuchte er, die Zeilen zu entziffern. Die Sprache schien ihm ein Gemisch aus dem

Niederländischem und dem Französischem zu sein, doch ganz sicher war er sich dabei nicht. Stockend las er Walter den Text vor.

Auf dem höchsten Punkt, den hoogste punt, des Eiland der Ile Bonita, liegt begraven, ein gigantesque tresor, ein schat.

Also, ein Schatz. Das war alles. Die Zeilen waren noch unterzeichnet mit den beiden Grossbuchstaben oder Initialen F und P, dann folgte eine Jahreszahl, die Olaf als 1672 entschlüsselte.

Die beiden sahen sich verwirrt an. Was hatte Bruno da bloss aus dem Meer gefischt? Einen Dummejungenstreich? Oder ein zeitgeschichtliches Dokument? Keiner von ihnen vermochte diese Frage zu beantworten. Einen Moment lang blickten sie sich an. Dann meinte Olaf.

»Ich leihe mir einmal deinen Fund aus und werde schauen, was ich über ihn herausfinden kann. Ich befürchte allerdings, dass das eine Weile dauern wird. Ist das okay für dich?«

Walter nickte zustimmend. »Nur zu, mach damit, was du möchtest. Du weisst ja, wo wir zwei zu finden sind. Aber bitte schmeiss die Flasche nicht weg, ich möchte sie gerne behalten und auf den Kamin stellen.«

Olaf verabschiedete sich und machte sich zusammen mit dem mysteriösen Flaschenfund auf den Weg nach Hause. Daheim schaltete er als Erstes seinen PC ein und versuchte, das Geheimnis der Flasche zu entschlüsseln. Nach mehreren vergeblichen Suchanfragen fand er endlich einen brauchbaren Hinweis. In einem Auktionshaus fand er eine ähnlich aussehende Flasche, die man auf mindestens 400 Jahre schätzte. Enttäuschend war allerdings der erzielte Preis, der lediglich bei 200 Euro lag.

Für ein paar Sekunden verlor er sich in Gedanken. Die Flasche war definitiv alt. Olaf glaubte daher nicht mehr an einen Dummejungenstreich. Niemand würde dafür eine 200 Euro teure Flasche verwenden. Aber was war dann mit dem Brief? Wenn die Flasche schon alt war, musste folglich auch das in ihr versteckte Schriftstück alt sein. Alles andere ergab keinen Sinn. Nur wer verbarg sich hinter den beiden Initialen F und P? Olaf wusste darauf keine Antwort. Gleich morgen würde er die Inselbibliothek besuchen, in deren Keller sich auch ein riesiges Archiv befand. Bestimmt könnte man ihm dort weiterhelfen. Es versprach, ein heisser Tag zu werden, als Olaf das Haus verliess. Die Flasche war sicher verpackt. Die Sonne brannte in seinem Nacken.

Der örtliche Archivar, ein kleiner, hagerer Mann, empfing Olaf in seinem Büro. Der kleine Raum war bis unter die Decke mit Kartons gefüllt. Olaf bezweifelte, dass man in diesem Chaos irgendetwas finden konnte. Sie schüttelten sich die Hand, bevor der Archivar meinte.

»Sie sagen, Sie hätten eine Flaschenpost am Strand gefunden? Darf ich sie einmal sehen?« Olaf reichte ihm die grüne Flasche. Der Archivar klopfte gegen das Glas und hielt sie dann gegen das Licht. Nachdem er sie so eine Weile begutachtet hatte, meinte er: »Diese Flasche ist definitiv alt. Ich würde sie auf rund vierhundert Jahre schätzen. Sehen Sie die Bläschen im Glas? Sie ist mundgeblasen, zudem ist das Glas extrem dick und daher entsprechend schwer. Kann ich bitte noch den Inhalt sehen? Sie sprachen von einem Brief.«

Olaf nickte und entfaltete vorsichtig den Zettel. »Hier, bitte.« Der Archivar legte ihn vorsichtig auf seinen Schreibtisch. Mit einer Lupe sah er sich das Stück Papier genauer an. Nach etwa zehn Minuten legte er die Lupe beiseite und nahm seine Brille ab.

»Zeitlich passt alles zusammen. Die Flasche, das Papier und die Schrift. Alles stammt aus der Hochzeit der Freibeuterei. Damals wimmelte es in der Karibik von Piraten. Viele von ihnen hatten enorme Schätze zusammengeraubt und dann vor lauter Angst irgendwo vergraben. Mancher von ihnen endete am Galgen und konnte seinen Reichtum nicht mehr geniessen. Vermutlich ging es diesem F-P genauso. Vermutlich war er auf der Flucht, als er diesen Brief hier schrieb. Bitte warten Sie noch einen Moment. Ich möchte in der Chronik der Piraterie kurz noch etwas nachschlagen.« Dann erhob er sich und zog ein dickes Buch aus einem der Stapel. Er blätterte kurz und zeigte dann mit dem Finger auf eine Zeile.

»Aha. Wie ich es mir gedacht habe. 1672 wurde nur die Hinrichtung eines Francis Piet in Santiago de Cuba erwähnt. Vielleicht ist das ja unser F-P. Das wäre durchaus möglich. Was den versteckten Schatz anbelangt. Im Brief finden sich keine geografischen Angaben. Die *Ile Bonita* kann praktisch überall liegen oder im Meer untergegangen sein. Wer weiss das schon?«

Der Archivar schlug das dicke Buch wieder zu und gab Olaf die Flasche samt dem Brief zurück.

»Was meinen Sie? Soll man nach dem Schatz suchen?«

Der Archivar dachte einen Moment nach und schüttelte dann den Kopf. »Ich glaube nicht, dass sich das lohnen wird. Das würde Unsummen an Geldern verschlingen. Natürlich können Sie mit einem Crowdfunding die gesamte Expedition finanzieren. Eine Suche wird Ihnen aber sehr viel Zeit kosten. Und selbst wenn Sie die geheimnisvolle Insel finden, heisst das nicht, dass der Piratenschatz dort noch vergraben ist. In vierhundert Jahren kann sehr viel passiert sein. Wenn Sie mich fragen: Ich persönlich würde Ihnen von einer Schatzsuche abraten. Verschenken Sie die Flasche an ein Museum oder versteigern Sie den Brief. Es gibt eine Menge Millionäre, die das Abenteuer einer Schatzsuche reizen. Aber das müssen Sie letztendlich selber entscheiden. Wie auch immer. Vielen Dank, dass Sie mir Ihre Flaschenpost gezeigt haben. Nun muss ich mich aber wieder um mein Archiv kümmern. Sie sehen ja selbst, wie es hier aussieht.«

Olaf bedankte sich und verliess das Archiv. Er überquerte die Strasse und setzte sich auf einen der freien Barhocker. Das *Walk Inn* zählte zu einer seiner Lieblingsbars auf Aruba. Er bestellte sich ein kaltes Bier und dachte über das nach, was er vor wenigen Minuten herausgefunden hatte. Er hielt tatsächlich eine echte Schatzkarte in seinen Händen. Vielleicht handelte es sich ja um den grössten Piratenschatz aller Zeiten. Edelsteine, Schmuck und goldene Dublonen, alles von unschätzbarem Wert. Olafs Fantasie begann Purzelbäume zu schlagen. Doch was sollten sie nun unternehmen? Alle gemeinsam auf Schatzsuche gehen? Die ganze *Kandersteg Bande*? Mit Karla und Willy war bestimmt nicht zu rechnen. Sie hatten ein kleines Kind, das sie betreuen mussten. Waghalsige Abenteuer kamen für beide nicht mehr infrage. Was Edi betraf, er hatte seine Surf- und Tauchschulen zu betreuen. Eine lange Abwesenheit konnte er sich nicht leisten. Tja, und Walter hatte seinen Hund Bruno, auch ihn würde kein Gold der Welt mehr reizen. Ihm reichte es, wenn die grüne Flasche auf seinem Kaminsims stand. Olaf überlegte, was man tun konnte, aber ihm kam keine zündende Idee. Unzufrieden ging er nach Hause. Am nächsten Morgen telefonierte er mit Karla und Edi. Er berichtete den beiden Freunden, was er herausgefunden hatte, und fragte sie um ihren Rat. Zu Olafs Erstaunen kam Karlas Antwort wie aus der Pistole geschossen.

»Olaf, vergiss das. Das ist den ganzen Aufwand nicht wert. Zudem haben wir es nicht mehr nötig, uns wie

Indiana Jones in Abenteuer zu stürzen und uns damit unnütz in Gefahr zu begeben. Schau dich doch einmal um, uns allen geht es gut. Wir leben hier wie im Paradies.« Mit diesen Worten verabschiedete sie sich von Olaf.

Edi konnte der ganzen Sache noch eine witzige Seite abgewinnen.

»Schmeiss die alte Pulle einfach wieder ins Meer. Vielleicht findet sie ja einer meiner Tauschschüler.« meinte er nur. Damit war klar, es würde kein neues und gemeinsames Abenteuer geben.

Am Abend besuchte er Walter. Er sass im Garten seines Hauses. Als Bruno ihn bemerkte, machte sich dieser nicht einmal die Mühe, Olaf zu begrüssen. Er beschränkte sich lediglich auf ein leises Knurren, bevor er seinen Kopf wieder auf die Pfoten legte und weiterschlief. Olaf nahm einen der Stühle und setzte sich zu den beiden. »Hier bitte, da hast du deine Flasche wieder. Ich war im hiesigen Archiv und kurz gesagt: Die Flasche ist wirklich alt, echt alt, sie wurde auf rund vierhundert Jahre geschätzt. Gleiches gilt auch für das Papierdokument. Vielleicht sollten wir…«

Walter hatte ihm schweigend und teilnahmslos zu gehört.

»Olaf, ich habe dir bereits einmal gesagt, dass mich das alles nicht interessiert. Ich habe für den Rest meines Lebens ausgesorgt und kein Interesse an neuen und aufregenden Abenteuern. Stell die Flasche einfach dort oben auf den Kamin und mach mit dem Papier, was du willst.«

Olaf schwieg, er wusste aus Erfahrung, dass Walter durch nichts mehr umzustimmen war. Genauer überlegt hatte er wohl auch recht. Was und vor allem wo in der Karibik sollten sie einem Phantomschatz hinterherjagen? Olaf stand auf und meinte.

»Okay, vielleicht finde ich ja einen Dummen, der die Karte kaufen möchte. Ist das okay für dich?«

Walter nickte kurz. »Warum nicht? Das ist sicherlich die beste Lösung. Versuch einmal dein Glück. Du bist in solchen Dingen viel besser als ich.« Mit diesen Worten verabschiedeten sie sich voneinander.

Olaf machte sich zu Fuss auf den Rückweg. Daheim ging er nach dem Duschen direkt ins Bett, doch er konnte nicht einschlafen. Immer wieder fragte er sich: Sollte man das mit der Schatzsuche nicht noch einmal in aller Ruhe besprechen? Doch dann wurde ihm klar, die *Kandersteg Bande* würde nie wieder in Aktion treten.

In den nächsten Tagen dachte er intensiv darüber nach, an wen er die Schatzkarte verkaufen könnte. Ihm fielen dabei zwei Gruppen von möglichen Interessenten ein. Private Schatzsucher oder eine wissenschaftliche Gesellschaft, wie die National Geographic. Hatte diese nicht immer wieder abenteuerliche Expeditionen gestartet und darüber berichtet? Wo war deren

Hauptsitz? Nach einigem Suchen fand er schliesslich eine E-Mail-Adresse. Er erstellte einen kurzen Begleitbrief, in dem er den Flaschenfund beschrieb und legte einen Scan der Schatzkarte bei. Dann wartete er ab. Und tatsächlich, National Geographic schrieb ihm zurück.

Sehr geehrter Herr. Wir haben mit Interesse Ihre E-Mail gelesen und wir sind an der Geschichte interessiert. Sollte sich Ihre Karte nach einer intensiven Prüfung als echt herausstellen, würden wir Ihnen die einmalige Summe von USD 10.000 bezahlen. Alle Vermarktungsrechte für Film- und Foto liegen bei unserer Gesellschaft. Ebenso ein möglicher Schatzfund, auf den Sie nach der einmaligen Auszahlung des obigen Betrages keinerlei Anspruch mehr erheben können. In den nächsten Tagen werden Sie von einem unserer Juristen und von einem wissenschaftlichen Team kontaktiert werden. Der Unterzeichnung eines Vertrags steht nach Bestätigung der Echtheit Ihrer Schatzkarte nichts im Wege. Für die Prüfung und die Vertragsbeglaubigung entstehen Ihnen keinerlei Kosten. Wir bedanken uns bei Ihnen und freuen uns auf eine interessante Story. Ihre National Geographic Society.

Eine Woche später landete ein Team von National Geographic mit einem Privatjet auf Aruba. Mit im Gepäck hatten sie ein tragbares Labor. Nach einer Stunde chemischer und optischer Tests stuften sie das Papier als echt ein. Einem Vertragsabschluss stand damit nichts mehr im Wege. Noch am selben Tag flogen sie in die Staaten zurück. Am Abend besuchte Olaf Walter und händigte ihm den Scheck aus. Ohne sich ihn genauer anzuschauen, legte Walter ihn auf einen Bücherstapel. Dort lag er auch noch viele Monate später.

Nachwort

Die National Geographic Society stellte ihre Schatzsuche nach zwei Jahren und Kosten in Höhe von insgesamt drei Millionen US-Dollar ein. Bei ihren Nachforschungen hatte man zwar ein Versteck gefunden, aber in ihm fanden sich nur die vermoderten Überreste zweier Holzkisten und eine einzige spanische Silbermünze, die aus dem Jahr 1669 stammte. Francis Piets legendärer Schatz blieb für immer verschollen.

Vom Fischen

Prolog

Pfeilschnell glitt der Marlin durch das Wasser. Plötzlich durchbrach er mit einem gewaltigen Sprung die Wasseroberfläche. Sein silberfarbener Körper glänzte dabei in der Sonne. Sekunden später war er wieder in den Tiefen des Meeres verschwunden.

Ab und zu hatte Olaf eine der kleinen Motoryachten gemietet und war mit ihr ein paar Meilen aufs offene Meer hinausgefahren. Dort verbrachte er mehrere Stunden mit Angeln. Er genoss die Zeit, in der er darauf wartete, dass ein Fisch anbiss. Doch er hatte bisher nie Glück gehabt. Das einzige, was Olaf sich einfing, war ein schmerzhafter Sonnenbrand. Auch heute schwankte sein Boot bereits seit zwei Stunden in den Wellen. Kein Fisch hatte sich für seinen Köder interessiert. Er nahm sich ein weiteres Bier aus der Kühlbox und schaute auf die Uhr. Es war bereits sechs Uhr abends. Er sollte sich allmählich auf den Rückweg machen, denn schon bald würde es dunkel werden. Plötzlich läutete das Glöckchen an seiner Angelrute und sekundenschnell hatten sich mehrere Meter der Schnur abgespult. Endlich hatte jemand angebissen. Olaf rannte zum Heck des Bootes. Die Rute bog sich bedenklich. Er setzte sich auf den Stuhl und liess mehrere Meter Leine laufen. Er spürte den heftigen Zug am anderen Ende der Schnur. Er war sich sicher, dass gerade ein ziemlich grosser Fisch angebissen hatte.

So heftig wie der Fisch nun an der Leine zog, war es Olaf klar, dass er in spätestens dreissig Minuten völlig erschöpft aufgeben müsste. Er bereute es mittlerweile, dass er auch diesmal ohne eine Begleitung hinausgefahren war. Jetzt hätte er deren Hilfe sehr gut gebrauchen können. Vergeblich versuchte er, weitere Schnur aufzurollen. Es gelang ihm nicht. Schon bald geriet er ins Schwitzen und seine Arme wurden immer müder. Er kämpfte noch eine weitere halbe Stunde, dann musste er pausieren. Seine Kräfte waren am Ende. Wieder bog sich die Angel und drohte aus ihrer Halterung zu fallen.

Dann sah er ihn. Ein bestimmt zwei Meter langer Marlin tauchte mit einem Sprung aus dem Meer auf, bevor er wieder in einer riesigen Fontäne ins Wasser zurückfiel.

So einen grossen Fisch hatte er noch nie gesehen.

Die Zeit verstrich. Olaf schaute zum Himmel, es begann zu dunkeln. Wie sollte es weitergehen? Eine Pattsituation war entstanden. Wer würde aus ihr als Sieger hervorgehen?

Die Rute zuckte erneut. Olaf stemmte sich ein letztes Mal gegen den enormen Zug. Doch vergeblich! Es stand fest, dass er den Fisch nicht ohne fremde Hilfe an Bord hieven konnte. Was sollte er jetzt tun? Oder sollte er vielleicht versuchen, ihn vorsichtig bis in den Hafen hinter sich herzuschleppen?

Olaf entschied sich zu letzterem. Er startete die beiden Aussenbordmotoren und fuhr im Schritttempo zum Hafen zurück.

Olaf glaubte, dabei das Gewicht zu spüren, das er hinter sich herzog. Dreissig Minuten später hatte er den kleinen Hafen erreicht. Lautstark und wild gestikulierend bat er ein paar Fischer, ihm beim Einholen seines Fanges behilflich zu sein.

Er legte am Steg an, sofort machten sich hilfsbereite Hände daran, seinen Fang an Bord zu ziehen. Nach wenigen Minuten hatte man die Leine eingeholt.

Plötzlich entstand unter den anwesenden Männern ein Riesengelächter. Ein kleiner, gerade einmal zweihundert Gramm schwerer Barrakuda hing am Haken!

Olaf glaubte, seinen Augen nicht zu trauen. Was war aus seinem Riesenfisch geworden?

Die Männer klopften ihm auf die Schulter und verabschiedeten sich lachend von ihm. Olaf blieb sprachlos zurück.

Nachwort

Monatelang blieb sein »Riesenfang« das Gesprächsthema in den Tavernen. Olaf fuhr nie wieder hinaus zum Fischen.

Ein unerwartetes Wiedersehen und wie alles endete

Prolog

Man trifft sich immer zweimal im Leben. Manchmal sind die Treffen erfreulich, manchmal aber auch nicht.

Die Zeit verging, das tägliche Leben verlief in ruhigen und geregelten Bahnen. Niemand von ihnen hatte jemals wieder an einen neuen Streich gedacht. An diesem Nachmittag machte Olaf am Strand einen Spaziergang. Es war ein schöner und nicht zu heisser Tag. Die Sonne schien ihm ins Gesicht. Er schlenderte gemütlich an dem langen, feinen Sandstrand entlang und genoss die Wellen, die dabei seine nackten Füsse umspülten. Er blieb für einen Moment stehen und schaute auf das offene Meer. Es war ruhig. Ein ständiges Farbspiel von Sonne und türkisfarbenem Wasser. Auch nach Jahren konnte er sich nicht daran satt sehen. Dann sah er ihn in einem der Liegestühle, die man direkt am Meer aufgestellt hatte. Trotz der vielen Jahre, die in der Zwischenzeit vergangen waren, erkannte er den Mann sofort. Es war Hauptmann Hurni aus Zürich!

Olaf schritt auf ihn zu und sprach ihn an:

»Guten Tag, Herr Hurni. Was für eine Überraschung, Sie hier zu sehen.« Hurni nahm seine Sonnenbrille ab und schüttelte Olaf die Hand. Dann antwortete er lächelnd.

»Ich könnte mich glatt daran gewöhnen, hier zu leben.«

»Na, dann geht es Ihnen genauso wie mir. Lust auf ein Bier? Ich lade Sie ein, Sie sind mein Gast.«

Hurni erhob sich. Gemeinsam gingen sie zu der kleinen Strandbar, die im Schatten einiger Palmen lag. Olaf winkte dem Barmann zu und bestellte zwei Bier. Ausser ihnen war nur noch ein älteres Schweizer Ehepaar anwesend. Sie setzten sich nach draussen, an einem der kleinen Tische, die auf der Terrasse standen. Hurni schwieg, sein Blick blieb starr auf das Meer mit seinen schaumgekrönten Wellen gerichtet. Nach einer Weile meinte er dann.

»Ob Sie es glauben oder nicht. Das ist mein erster richtiger Urlaub seit Jahren. Es ist wirklich sehr schön hier. Ich kann gut verstehen, warum Sie sich nach dem *Kanderstegfall* hierhin zurückgezogen haben.« Dann blickte er Olaf an. »Davon einmal abgesehen hatte ich auch gehofft, Sie hier zu treffen. Ich wollte nämlich mit Ihnen reden.«

Olaf stutzte einen Moment und schaute ihn irritiert an. Hurni war tausende von Kilometern geflogen, um mit ihm zu reden? Warum das nach all den Jahren? Er stand vor einem Rätsel.

»Mit mir reden? Worüber?«

Hurni nickte zustimmend.

»Ja, ich möchte mit Ihnen reden, aber nicht als Polizist und ehemaliger Ermittler, sondern ganz privat«, dann fuhr er fort. »Ihre Geschichte in Kandersteg war einfach brillant. Mein Glückwunsch! Wissen Sie eigentlich, wie ich Sie seinerzeit genannt habe? *Die Kandersteg Bande*, ich fand den Namen irgendwie passend. Sie haben uns damals alle auf dem falschen Fuss erwischt. Die Sache mit dem gestohlenen Panzer war zwar übertrieben, dafür aber äusserst medienwirksam. Da haben Sie sprichwörtlich schweres Geschütz aufgefahren. Eines habe ich allerdings bis heute nicht herausfinden können. Woher wussten Sie eigentlich von den versteckten Nazigoldbarren? Ich bin sicher, kein Schweizer wusste von deren Existenz.« Hurni schnaufte verächtlich. »Vielleicht ausgenommen von einigen wenigen Politikern, die alles verheimlichen wollten, was ihnen aber schlussendlich nicht gelang!«

Olaf beschlich das unheimliche Gefühl, gerade einer Beichte zuzuhören. Er schwieg und unterbrach Hurni mit keinem Wort.

»Hätten Sie damals mit der Bundesregierung keinen Deal ausgehandelt, dann wären Sie für Jahre im Gefängnis verschwunden. Gewaltfrei, aber trotzdem kriminell, wie einer meiner Mitarbeiter seinerzeit sagte. Aber das ist alles lange vorbei und Schnee von gestern.«

Hurni prostete ihm zu, bevor er wieder minutenlang in tiefes Schweigen verfiel. Olaf wartete auch jetzt geduldig, bis Hurni weiter sprach.

»Ich war dann wirklich überrascht, dass Sie sich noch einmal in der Schweiz haben blicken lassen. Mir persönlich wäre das damit verbundene Risiko zu gross gewesen. Ich hätte niemals den Mut dazu aufgebracht.«

Olaf hob die Schultern und meinte mit einer Handbewegung, die alles und nichts bedeuten konnte. »Es hat sich halt so ergeben.«

Hurni nickte ihm verständnisvoll zu, bevor er wieder gedankenverloren in die Ferne schaute. Sanfte Wellen brachen sich am Strand und ein leichter Wind wehte vom Meer her. Dann fragte er plötzlich.

»Lebt der Hund eigentlich noch?«

»Sie meinen unseren Bruno? Ja, der ist auch älter geworden, aber er lebt noch.«

Wie auf Stichwort kam plötzlich ein Hund angerannt, der schwanzwedelnd Olaf begrüsste und misstrauisch an den Füssen Hurnis herum schnupperte. Olaf kraulte das Tier liebevoll hinter den Ohren, bevor dieses sich zum Schlafen unter den Tisch legte.

»Darf ich vorstellen, das ist er, unser Meisterdieb Bruno!«

»Ich war dann wirklich überrascht, dass Sie sich noch einmal in der Schweiz haben blicken lassen. Mir persönlich wäre das damit verbundene Risiko zu gross gewesen. Ich hätte niemals den Mut dazu gehabt.«

Olaf hob die Schultern und meinte mit einer flüchtigen Handbewegung, die alles und nichts bedeuten konnte. »Es hat sich halt so ergeben.«

Hurni nickte ihm verständnisvoll zu, bevor er wieder gedankenverloren in die Ferne schaute. Sanfte Wellen brachen sich am Strand und ein leichter Wind wehte vom Meer her. Dann fragte er plötzlich.

»Lebt der Hund eigentlich noch?«

»Sie meinen unseren Bruno? Ja, der ist auch älter geworden, aber er lebt noch.«

»Ja, Sie haben recht. Niemand kam zu Schaden. Für alle ist es gut ausgegangen, von dem Galeristen Holler einmal abgesehen, der noch immer im Gefängnis sitzt. Ihre beiden Fälle sind offiziell abgeschlossen und zu den Akten gelegt worden.«

Hurni seufzte. »Ich glaube, ich muss dann mal wieder los. Vielen Dank für das Bier und die Zeit, die Sie mir geopfert haben. Es war mir ein Vergnügen, jemanden wie Sie kennengelernt zu haben. Ich werde Ihre spektakulären Aktionen vermissen. Grüssen Sie mir auch ihre Freunde. Sie hatten ein wirklich erstklassiges Team.«

Hurni stand auf und ging langsam und ohne ein weiteres Wort zu sagen zu seinem Liegestuhl zurück. Olaf blickte ihm noch eine Zeit lang nach. Dann legte er ein paar Münzen auf den Tisch und verliess die Strandbar. Sie sahen sich nie wieder. Sechs Monate später hatte Hurni seinen Kampf gegen den Krebs verloren.

Nachwort

Edi starb in demselben Jahr bei einem Tauchunfall, in dem Olaf die Biografie *Die Kandersteg Bande* veröffentlichte. Das Buch löste besonders in der Schweiz eine rege Diskussion aus.

Olaf erlebte nicht mehr seinen neunzigsten Geburtstag. Die Schweiz hatte er nie wieder besucht.

Bruno wurde fünfzehn Jahre alt, bevor er friedlich auf Walters Füssen entschlief. Seine Nachkommenschaft ist noch heute auf der ganzen Insel verstreut.

Vier Jahre später folgte ihm Walter, der sich nie wieder einen Hund zulegte.

Mittlerweile haben auch Karla und Willy unsere Welt verlassen, aber ihre vier Kinder leben noch immer auf Aruba.

Die Streiche *Der Kandersteg Bande* sind heute Geschichte.

Bitte beachten Sie auch die folgenden Anmerkungen.

Anmerkungen

Baden, Kanton Aargau, Schweiz. Im Limmattal gelegen und jeweils rund 22 Kilometer von den beiden Städten Zürich und Aarau entfernt. In römischer Zeit namentlich als Aquae Helveticae erwähnt. Die Stadtgründung erfolgte durch die Habsburger im Jahr 1297. Die gegenwärtige Einwohnerzahl liegt bei über 23.000.

Historischer Hintergrund. Während des Zweiten Weltkriegs nahm die Schweizerische Nationalbank von der Deutschen Reichsbank grosse Mengen von Gold als Zahlungsmittel für schweizerische Exportlieferungen entgegen. Ein grosser Teil von diesem Reichsbankgold war entweder von den deutschen Besatzungstruppen aus den Beständen der besetzten Länder (Niederlande, Belgien, Luxemburg, Frankreich, Polen, Tschechoslowakei etc.) geraubt worden, oder aber es stammte von den Opfern der nationalsozialistischen Judenverfolgung.

Aus: www.geschichte-schweiz.ch

Die Affäre Meili. Christoph Meili bewahrte 1997 alte Bankbeläge über nachrichtenlose Vermögen von Holocaust-Opfern bei der Schweizerischen

Bankgesellschaft (SBG) vor dem Schredder und übergab sie jüdischen Organisationen.

Der Fall entwickelt sich in der Folge zum GAU für die Task-Force Schweiz–Zweiter Weltkrieg, mit der der lädierte Ruf der Schweiz in den USA aufpoliert werden sollte.

Definition Raubkunst: Unrechtmäßig in Besitz genommenes Kunstwerk bzw. Gesamtheit von Kunstwerken (besonders während der NS-Zeit aus vorwiegend jüdischem Besitz).

Definition Beutekunst: Im Krieg erbeutete Kunst.

Beides aus: **DUDEN** – www.duden.de

Baden: Unerwartetes Problem mit der Provenienz

Schlüsselmoment

Heute kommen in New York Werke von Cézanne aus der Langmatt unter den Hammer. Dazu war vorgängig ein Vergleich vonnöten.

Das Auktionshaus Christie's versteigert heute bis zu drei Bilder aus der Sammlung des Museums Langmatt in Baden. Die Leitung der Stiftung, die das Museum betreibt, sah sich zu diesem Schritt, der in der Kunstwelt heftige Proteste auslöste, gezwungen, um den Bestand der Stiftung und des Museums langfristig zu sichern. Dafür hat man mit dem Auktionshaus abgesprochen, dass nur so viele Bilder versteigert werden, bis die Zielsumme von 40 Millionen Franken erreicht ist. Potenziell versteigert werden die Bilder «Quatre pommes et un couteau», «La mer à l'Estaque» und «Fruits et pot de gingembre» des französischen Impressionisten Paul Cézanne.

Eigentlich waren Museum und Auktionshaus davon ausgegangen, dass die Herkunft der Bilder unproblematisch sei. Wie das Museum Langmatt Ende Oktober bekanntgab, tauchten wenige Wochen vor dem Auktionstag Belege für die fragwürdige Vorgeschichte von «Fruits et pot de gingembre» auf. Der jüdische Kunsthändler Jacob Goldschmidt, der das Gemälde 1929 erwarb, hatte es wohl unter dem Druck der Nationalsozialisten verkauft. Die Stiftungsgründer Jenny und Sidney Brown hatten das Bild 1933 für 57 575 Franken von der Luzerner Galerie L'Art Moderne erworben, es befand sich allerdings noch im gemeinsamen Eigentum von Jacob Goldschmidt und der Galerie. Daraufhin nahm das Museum mit den Erben Jacob Goldschmidts Kontakt auf. Wie einer Broschüre von Christie's zu entnehmen ist, konnte so inzwischen ein Vergleich erzielt werden, über dessen genauen Inhalt Stillschweigen vereinbart wurde. Das fragliche Gemälde wird jedoch auf 35 bis 55 Millionen Dollar geschätzt, womit es an der Auktion die gesamte oder zumindest den Grossteil der Zielsumme einbringen soll. Nach einem regelrechten Kunstkrimi steht dem Verkauf der Werke Cezànnes nun nichts mehr im Weg.
sim

Aus: Rundschau Süd Nr. 43 vom 5. November 2023

Zwei Munchs wurden am helllichten Tag geraubt

Ort: Munch-Museum, Oslo
Tag des Diebstahls: 22. August 2004
Tag der Rückgabe: 31. August 2006

An einem Sommertag im Jahr 2004 strömten wie immer zahlreiche Besucher in das Munch-Museum in Oslo. Zwei vermummte, bewaffnete Männer überwanden die Sicherheitsvorkehrungen, drangen in das Museum ein und entwendeten vor den Augen der Besucher zwei Meisterwerke des norwegischen expressionistischen Malers Edvard Munch, die zusammen auf 83 Millionen Euro geschätzt werden: „Der Schrei" und „Madonna". Die Diebe flüchteten in einem Fahrzeug, das von einem dritten Komplizen gefahren wurde. Man dachte, die Gemälde seien für immer verloren, doch zwei Jahre später tauchten sie unter bis heute ungeklärten Umständen wieder auf. Auch die Identität der Diebe konnte nicht umfassend geklärt werden. Der Grund für die Wiedererlangung ist, dass sich dermaßen bekannte Meisterwerke der Kunst nur schwer weiterverkaufen lassen.

Zunächst erschienen bei <u>AD France</u>, übersetzt von Antje Korsmeier.

Siehe: www. ad-magazin.de

All genuine Bank of England notes that have been withdrawn from circulation retain their face value for all time and can be exchanged with the Bank of England in London. *Bank of England*

Am 23. Juni 1944 traf der Torpedo eines amerikanischen »Avenger«-Bombers das japanische U-Boot I-52. Funksprüche mit einem deutschen U-Boot, von dem die Japaner Treibstoff und Lebensmittel übernommen hatten, brachte den US-Bomber auf die Spur. Das japanische U-Boot explodierte und sank. Jetzt, 51 Jahre später, wurde 1200 Seemeilen westlich der Kapverdischen Inseln, das Wrack in 5100 Meter Wassertiefe geortet. Der Amerikaner Paul Tidwell hatte in bislang geheimen Militärarchiven die Umstände der letzten Fahrt von I-52 recherchiert: Das Boot war mit 109 Mann Besatzung, 2 Tonnen Gold, 228 Tonnen wichtiger Metalle für die deutsche Kriegsmaschinerie sowie einer Ladung Gummi und Chinin gesunken. Die Fracht, im japanischen Kure und in Singapur geladen, sollte im Marinestützpunkt Lorient im besetzten Frankreich gelöscht werden. Russische Technik half jetzt bei der Entdeckung: Die Tidwell-Gruppe charterte das russische Forschungsschiff »Juschmorgeologija«, dessen Sonar- und Kameraanlagen für militärische Aufgaben entwickelt wurden. Der Aufwand von etwa fünf Millionen Dollar für die Bergung des Goldes wird sich vermutlich lohnen: Der Wert des japanischen Kriegsgolds in Form von 146 Barren beläuft sich auf 25 Millionen Dollar.

Aus Der SPIEGEL 32/ 1995 Schatzsuche Goldbarren im U-Boot-Wrack

Anmerkung: Es findet sich leider keine Nachricht darüber, dass der Goldschatz in der Zwischenzeit geborgen wurde.

Schweizer Internate nehmen weltweit eine überragende Position ein und sind für ihr Leistungsniveau ihrer Internatsschüler bekannt.

Auszug aus der NZZ vom 28.8.2015, Katrin Schregenberger

Hinter den sieben Bergen bei den sieben Zwergen, da liegen die teuersten und angesehensten Internate der Welt. Sie tragen Namen wie Le Rosey (Kanton Waadt), Institut Rosenberg (St. Gallen) oder Lyzeum Alpinum (Graubünden). Weder liegen alle dieser Schulen in den Bergen, noch bewachen Zwerge die reichen Zöglinge. Dennoch gibt es Parallelen zu dem Ort, den Schneewittchen einst fand: Er war sicher, reich an Gütern, fern von allem Bösen und politisch neutral. Viele moderne Prinzen und Prinzessinnen haben den Weg in die Schweiz gefunden. Ob der ehemalige spanische König Juan Carlos, der frühere CIA-Chef Richard Helms (beide Le Rosey), die Zara-Erbin Marta Ortega Perez (Aiglon) oder der amerikanische Aussenminister John Kerry; ob Filmregisseur Marc Forster oder Nicolas Hayek junior (alle Institut Montana, Zugerberg): Sie alle drückten die Schulbank in einem Schweizer Internat …

Piraterie war in der Karibik über Jahrhunderte verbreitet. Die Entdeckung, Kolonisierung und Ausbeutung der Neuen Welt, vor allem durch die Spanier, hatte in großem Umfang auch Piraten angelockt. Oftmals unterstützt durch die politischen Feindseligkeiten zwischen Spaniern, Engländern, Franzosen und Holländern.

Hochseeangeln. Einer der bekanntesten Hochseefischer war der amerikanische Schriftsteller Ernest Hemingway. Sein Buch *Der alte Mann und das Meer* erlangte Weltruhm.

Weitere Bücher von Kai Olaf Arzinger

»*Wälle, Burgen Herrensitze*« (1990)

Ein historischer Wanderführer.

****

»*Stollen im Fels und Öl fürs Reich*« (1997)

Ein NS-Geheimprojekt zur synthetischen Benzinherstellung.

ISBN 3-922885-70-5

****

Als Einzelroman oder als E-Book erhältlich

«*Der Kandersteg Bluff*« (2023)

ISBN 978-3-7347-3309-3

»*Die blauen Tulpen*« (2024)

ISBN 978-3-7583-2351-5

Leserstimmen

»Ein tolles Erstlingswerk.«

»Flüssig geschrieben, gute Dialoge, die Spannung bleibt
aufrecht bis zum überraschenden Schluss.«

»Absolut lesenswert.«

»Das perfekte Verbrechen. Ich freue mich auf eine
Fortsetzung.«

»Ganz grosse Klasse.«

»Eine Super-Story!«

»Unheimlich spannend.«

»Da hat das Lesen wirklich Spass gemacht.«

»Spannend geschrieben.«

»Man möchte gerne noch mehr lesen.«

»Toller Plot, mit einem überraschenden Ende.«

»Mir hat es gefallen.«

»Rasante Story, mit wechselnden Schauplätzen«

»Wann findet sich ein renommierter Verlag, der die beiden Bücher einer breiteren Öffentlichkeit zugänglich macht?«

»Das Lesen des Erstlingsromans hat mir viel Spass bereitet. Es war von Beginn weg spannend und liess viele Optionen und Spekulationen zu, in welche Richtung die Geschichte gehen würde. Ich hätte gerne noch länger gelesen und freue mich auf ein Zweitwerk.«

»Ich bin ein Fan.«

All meinen Lesern ein riesiges Dankeschön!

ENDE